Imāginor, ergō sum.

想象即存在

幻想家

六朝志怪
Chinese Gothic Tales of the Six Dynasties
许汝纮 编著
Amo 绘
湖南文艺出版社
HUNAN LITERATURE AND ART PUBLISHING HOUSE

女巫浇酒云满空，玉炉炭火香咚咚。

海神山鬼来座中，纸钱窸窣鸣旋风。

相思木帖金舞鸾，攒蛾一啑重一弹。

呼星召鬼歆杯盘，山魅食时人森寒。

终南日色低平湾，神兮长在有无间。

神嗔神喜师更颜，送神万骑还青山。

——〔唐〕李贺《神弦》

目录·

卷三 · 奇人异士

出版序

现实生活中，人类主宰万物；但在想象世界中，人却常被虚构之物支配。在志怪小说里，人虽然还是主角，但却常常被神鬼精怪抢尽风头。

六朝时期，泛指三国、晋、宋、齐、梁、陈，即从三世纪初到六世纪末，这三百多年来分合动荡的时期。平民百姓无法解决生活中的困境，面对所衍生的社会问题也无能为力，久而久之，“厌世思想”逐渐蔓延扩散，人们开始把心灵寄托于宗教信仰之中，冀求以鬼神之力祈福解祸，于是他们把这些生活上的体验投射入小说当中，通过各种光怪陆离的情节，表达他们对统治阶层的抗议、对现实生活的不满。

本书以大幅绘图重现六朝奇幻故事情节，以白、黑、红为主色调的冷艳瑰奇画风，堆叠衬托六朝志怪幻想精神，图文相辅勾勒出质朴文字后的浪漫异想。

其中收录的小说，分别来自《列异传》《搜神记》《搜神后记》《灵鬼志》《拾遗记》《幽明录》《齐谐记》《续齐谐记》《述异记》《录异传》《冥祥记》《冤魂志》《杂鬼神志怪》等十三部著名志怪作品，依照每篇特性，规划出神、鬼、人等三界异事，通过绘画、文字与延伸相关知识，让您攫取更丰富多元的精神飨宴。

导读

◆ 古董级的奇幻文学

中国小说的起源，可以追溯到上古时期的神话与传说。神话传说一开始只是在人民的口头上流传，等到人类开始使用文字记载的时候，这些神话传说已经经过许多人的筛选、美化和加工。有的被记入正史，拥有固定形式并逐渐僵化；有的则是继续经由人们的口头流传，不断地衍生变化、丰富发展，并且分化出新的神祇和英雄、增添新的故事情节。这些继续活在人们口头上的传说一旦被记录下来，就成为具有浓厚小说意味的逸史。

我国神话大体可分西王母、东方神树、盘古、女娲，以及他们所代表的西方昆仑神话、东方蓬莱神话、南方楚神话及中原神话四大系统。在从神话到小说的发展过程中，逸史是很关键的一环，甚至可以说是中国小说直接的源头。逸史中最接近小说，有些学者甚至认为可以将其视为早期小说的是《穆天子传》和《燕丹子》。关于穆王周行天下之事在正史中的记载十分地简略，《穆天子传》则是增加了许多细节，特别是会见西王母以及王美人盛姬之死，颇具故事性。其中的西王母与《山海经》中的西王母相比，前者是增加了人性，减少了“神性”。

燕丹派荆轲刺秦王之事，在《战国策》和《史记》中均有记载。《燕丹子》并不是简单地复述史书上的内容，而是增加细节描写，突出燕丹身为复仇者的形象。明代胡应麟在《四部正讹》里称此书为“古今小说杂传之祖”。虽然古代文献对神话传说的记载十分简略，但我们依然可以从中看到两个重要的小说元素——“故事情节”和“人物性格”。后来的志怪小说、传奇小说，以及《西游记》《封神演义》等长篇小说，都与神话传说有明显的继承关系。后世小说吸收神话传说中的素材加以演化，这种情况也相当普遍。

从上古到秦汉，以至魏晋南北朝，中国小说作为一种独立的文学体裁，仅仅是具有初步的规模，还未成熟，但其内容和形式却对后代作品产生了深远的影响。中国文学史上所谓的“六朝”，指的是魏晋以降讫于隋末。这段时期无论是诗歌、辞赋、小说、文学批评等，都有不错的发展。魏晋南北朝时期，战争连年不断，社会动荡不安，宗教迷信思想盛行，大量的志怪小说就在这样的社会基础上产生了。

鲁迅在《中国小说史略》里说：“中国本信巫，秦汉以来，神仙之说盛行，汉末又大畅巫风，而鬼道愈炽；会小乘佛教亦入中土，渐见流传。凡此，皆张皇鬼神，称道灵异，故自晋讫隋，特多鬼神志怪之书。其书有出于文人者，有出于教徒者。文人之作，虽非如释道二家，意在自神其教，然亦非有意为小说，盖当时以为幽明虽殊途，而人鬼乃皆实有，故其叙述异事，与记载人间常事，自视固无诚妄之别矣。”这段话指出魏晋南北朝志怪小说是受了民间巫风、道教及佛教的刺激所产生的作品，并随着宗教的发展而流传兴盛，作者们的态度则是将怪异传说视为事实来记载。

鲁迅的总结虽然是正确的，但是我们也要注意到，志怪小说的来源和实际面貌比较复杂，作者们的用意是着重于宣扬神道，还是倾心于怪异事迹？以及小说中表现人生情趣的多寡，这些在写作手法上仍有着很大的区别。魏晋南北朝时期出现了大批小说作品，现今存留的汉人小说，其实都是魏晋南北朝时期的作品。按内容可分为两类：志怪小说和志人小说。

志怪小说大多记述神仙方术、鬼魅妖怪、殊方异物、佛法灵异，与巫觋方士、道教、佛教有密切的关系。巫术是一种原始的宗教迷信活动，古人迷信天帝，只要是大事都要向天帝请示，所以常有祈祷、占卜、占梦之类的活动。但并不是任何人都能主持这种活动的，当时的人们认为只有巫觋才具有与天帝对话的资格，因此社会上流传的各种巫术灵验的故事便成为志怪小说的素材。方士是战国后期从巫觋中分化出来的人物，他们鼓吹神仙之说，求不死之药。秦汉以来方士辈出、方术盛行，与神仙有关的故事也跟着流传兴盛，这些也都成为志怪小说的题材。志怪小说的作者中有不少人就是方士、道士或佛教徒，但也有些志怪小说是出于文人之手，如张华的《博物志》、干宝的《搜神记》等。

魏晋南北朝的志怪小说数量很多，现今保存下来的完整或不完整（包括后人辑佚的）的共有四十余种。其中比较重要的有托名汉朝东方朔的《神异经》《十洲记》，托名郭宪的《汉武洞冥记》，托名班固的《汉武帝故事》《汉武帝内传》，托名魏朝曹丕（或晋朝张华）的《列异传》，晋朝张华的《博物志》，王嘉的《拾遗记》，荀氏的《灵鬼志》，干宝的《搜神记》，托名陶潜的《搜神后记》，南朝宋王琰的《冥祥记》，刘义庆的《幽明录》，南朝梁吴均的《续齐谐记》，北齐颜之推的《冤魂志》等。按内容可分为三类：

一、地理博物，如托名东方朔的《神异经》、张华的《博物志》。

二、鬼神怪异，如托名曹丕的《列异传》、干宝的《搜神记》、托名陶潜的《搜神后记》、王嘉的《拾遗记》、吴均的《续齐谐记》。

三、佛法灵异，如王琰的《冥祥记》、颜之推的《冤魂志》。

年代确定的志怪书，以托名曹丕所作的《列异传》为最早。此书现已亡佚，但在几部类书中有引录，著名的《宋定伯卖鬼》故事就是出自于此。这故事相当具有幽默感，人造出鬼来吓人，然后又想出方法来骗鬼，颇能反映中国民间百姓的心理。因不能抑制好奇心而受到惩罚，更是各国民间传说中最常见的主题。

志怪小说中，《搜神记》是保存最多且最具代表性的一部。《搜神记》的作者干宝，字令升，新蔡（今属河南）人，是晋朝著名的文史学家。他勤学博览，并好阴阳术数、神仙鬼怪，元帝时以佐著作郎领修国史，着有《晋纪》，有良史之称。在《搜神记》序中，他自称写作此书是为“发明神道之不诬”，同时也有保存遗闻和供人赏玩娱乐的意思。此书原已散佚，后来由明人重新辑录而成，现为二十卷，四百多则，其中偶有误辑。

《搜神记》的内容，一是“承于前载”，但并不是全部都照旧抄录，有些在文字上做了加工；二是“采访近世之事”，这部分出于作者手笔。其中大部分只是简略地记录各种神仙、方术、灵异等事迹。也有不少故事情节比较完整，在虚幻的形态中反映出人们的现实关系和思想感情，这其中最有价值的是一些对后代文学有很大影响的传说故事，例如：《东海孝妇》叙述一位孝妇因为冤狱被斩，精诚感天，死时颈血依其誓言沿着旗竿而上，死后郡中三年不雨；关汉卿的名作《窦娥冤》即是以此为蓝本。《董永》叙述主角董永家贫，父亲死后，他为了筹钱办丧事而自卖为奴，天帝派织女下凡为其妻，替他织绢百匹偿清债务后离去；《天仙配》的故事即由此演变而来。这二则本意都是表彰孝行，但却不仅仅局限在这个主题：前者连带控诉官吏的昏庸残暴，后者则表现出穷人对美好生活的幻想。

《搜神记》中也有不少富有社会意义的篇章，它们或曲折地反映了社会现实，或表达了人民的爱憎与愿望，像是具有强烈斗争精神的《李寄》和《三王墓》。《李寄》歌颂英勇斗争以求生存的精神；《三王墓》表现出人民对于残暴统治者的强烈复仇精神，更是中国文学中少见的。文中描写干将莫邪之子以双手捧着头和剑交给侠客，以及描写他的头在镬中跃出时，依然是“瞋目怒瞪”的情节，不仅是想象奇特的述说方式，更激射出震撼人心的力量，不仅揭露了统治者的残暴无耻，也赞扬了反抗强暴的精神。这部作品后来被改编为《眉间尺》。

《搜神记》之后，当以刘义庆的《幽明录》为优秀志怪书的代表。刘义庆，字季伯，彭城（今江苏徐州）人，为南朝宋宗室，袭封临川王。他爱好文学，著述甚多，除《幽明录》外，传世的还有志人小说《世说新语》。不过，这些著作都有他门下的文士参与编写。《幽明录》也因年代久远而散佚，它和《搜神记》的不同之处，在于很少采录古书记载，多为晋宋时代新出的故事，并且大多描述普通人的奇闻异事，虽然是志怪小说，却有着浓厚的时代色彩和生活气息，文字也比《搜神记》更显舒展，更富于辞采之美。

《幽明录》所收录的《刘晨阮肇》是一则非常有名的故事，写的是东汉时刘晨、阮肇二人入天台山迷途遇仙，居留十日，回家后已是东晋中期，遇到的是他们的七世孙。虽然是描写人仙结合的情节，但是除了末段刘、阮还乡一节外，故事内容并没有过度渲染神异色彩，

反而充满了人情味。《铅粉》更是绝佳之作，虽然是个人死而复生的故事，但神异色彩极为淡薄，人物、情节都很贴近生活，具有真实性。

《幽明录》中也充满各种离奇的故事。如《庞阿》一则，写石氏女爱慕美男子庞阿，却不能伴随在他身边，于是她的精魂常于夜间来庞家，最终二人结为夫妇。这是最早有记载的离魂故事，情节虽然离奇，抒情性却很强。还有很多鬼魅故事，也都比较注意感情气氛的渲染。《幽明录》比以前的志怪小说更注意人生情趣，也更有文学性，像《铅粉》这样的作品，已经具备脱离志怪、着重于人间生活的倾向。

除以上所述，较为优秀的志怪书还有十六国时代王嘉的《拾遗记》，收录的多是历代遗闻；旧题陶潜所作的《搜神后记》，内容与《搜神记》相似。其中《白水素女》一篇，就是民间广为流传的“田螺姑娘”传说。

“传奇者流，源出于志怪”，唐代传奇，首先就是以志怪小说为基础，再加以繁衍扩展，形成着意虚构而又怪诞离奇的长篇故事，而后再转向人间生活。魏晋南北朝志怪小说，以篇幅短小的故事居多，从小说艺术的角度来看仍显得幼稚粗糙，但有的作品已经相当注意人物性格的刻画。六朝志怪中的故事，不断被后代小说、戏剧所吸收，再加以创变、推陈出新，由此衍生出的作品不胜枚举，因此在整个文学史上，志怪小说始终没有消失，其中蒲松龄有意识地利用志怪形式，在奇幻的故事中表现社会生活和人生情感的《聊斋志异》，就是最有价值的作品代表。

◆ 中国异物辞典

中国文字里头，对于人、神、鬼、怪等不同的形象，各赋予许多独特的称呼，就让我们来认识一下这些奇怪又有趣的词汇吧！

鬼：指人死后的灵魂。

怪：神话传说中的妖魔之类，或指奇异、不寻常的事物。

神：天地万物的创造者与主宰者称为“神”，圣贤或所崇拜的人其死后的精灵亦称为“神”。

仙：经修炼后长生不老、超脱尘俗的人，如“神仙”。

妖：传说中不寻常且能害人的东西，多具有法术，能做各种变化。

精：神怪之物称为“精”，如“精怪”“妖精”“狐狸精”。

魔：佛教指修道的障害、破坏者。一般指能害人性命、迷惑人心的鬼怪。

魂魄：即附于人体的精神灵气。如《汉书·王莽传》：“是故董贤丧其魂魄，遂自绞杀。”《红楼梦》第十六回：“那秦钟早已魂魄离身，只剩得一口悠悠的余气在胸。”

魑魅：也作“螭魅”，是传说中山林间害人的精怪。长着人面、兽身，外加四足，善于魅惑人，为山林异气所生。如唐朝杜甫《天末怀李白诗》：“文章憎命达，魑魅喜人过。”元朝关汉卿《单刀会》第四折：“藏之则鬼神遁迹，出之则魑魅潜踪。”

魍魉：也作“罔两”“罔阆”，指山川中的木石精灵。如东汉张衡《西京赋》：“螭魅魍魉，莫能逢旃。”《西游记》第十八回：“也不晓得有甚么鬼祟魍魉，邪魔作耗。

灵：指鬼神。如唐朝孔颖达《正义》：“其见尊敬如神灵也。”明朝徐弘祖《徐霞客游记·卷四下·黔游日记二》：“此山灵招我，不可失也。”也可指魂魄。清朝林觉民《与妻诀别书》：“则吾之死，吾灵尚依依旁汝也，汝不必以无侣悲。”

◆ 古代志怪书架

志怪小说始于魏晋，深受方士思想和道教、佛教的影响，写作志怪小说的风气一直到南北朝时期仍盛行不衰，一本本异闻作品成就了古代的志怪书架。

《列异传》：三卷，旧题魏文帝曹丕所撰，最早见于《隋志》。书中所记载的多为鬼、物、奇、怪之事，如《宗定伯》《孙阿》。其中有许多篇章用生动活泼的笔触来描写人与鬼之间所发生的各种趣味、荒诞、悲、喜或令人惊恐的事件，取材很有代表性，几乎包括了以后志怪小说中将要出现的所有题材，连后来的《搜神记》也撷采了相同的故事加以写录。就意义与价值来看，此书不但开干宝《搜神记》之先河，也是后起之作取材的宝库。

《搜神记》：晋朝干宝所著，今本有二十卷，总计四百六十四则，为后人所辑。干宝自序他撰《搜神记》的目的是“发明神道之不诬”，以证明鬼神之实有。由于作者撰述态度较严谨，故事来源广泛，所以有不少优秀的民间故事和神话传说得以保存下来，而且反映了一般百姓的感情与愿望，具有较广泛的社会意义。

《搜神后记》：托名为晋朝陶渊明所撰，今存一百一十六条。大多采自当时的传闻异事，因此民间色彩较浓，故事生动有趣。如：谢端得到白水素女帮助的故事，流传广泛，在民间具有很大的影响力。其中也有部分故事是在宣扬佛法和感应，显示佛教思想对志怪小说的影响。

《灵鬼志》：《隋书·经籍志》著录三卷，已散佚，鲁迅《古小说钩沉》有辑本。作者荀氏是东晋人，生平不详。

《拾遗记》：前秦人王嘉所撰，原书十九卷，二百二十篇，由于苻秦之际战乱纷扰，典章散失，南朝梁的萧绮掇拾成文，合为一部，改编为十卷。前九卷，记载上古传说中的庖牺、神农至东晋的神话传说、历史逸闻，完全按照历史朝代分篇，记录正史以外的遗闻。末卷记昆仑、蓬莱等九座仙山灵境的神话传说。除此之外，还有零星的逸文。书中还记载了许多其他书籍不记载或与之相异的神话传说。《拾遗记》虽然不是当时最好的作品，但有一些故事在情节、人物描写等方面都较为完整，初步具有短篇小说的规模，因此王嘉可说是中国短篇小说的奠基人之一，鲁迅称其“文笔颇靡丽，而事实皆诞漫无实”。《拾遗记》对研究我国神话传说、小说的萌芽和初期发展的历史提供了重要的资料依据。

《幽明录》：南朝宋刘义庆所撰，因时间久远大多已散佚，鲁迅《古小说钩沉》辑录二百六十多则，内容包罗万象，博采广收，收录的大多为晋宋时代新出的故事，主要记载鬼神怪异之事，故事性较强，叙述描写委婉有致，显示了小说艺术的进步。

《齐谐记》：南朝宋散骑侍郎东阳无疑撰，东阳无疑生平不详，他所撰写的《齐谐记》，《隋书·经籍志》著录七卷，已散佚，鲁迅《古小说钩沉》有辑本。

《续齐谐记》：南朝梁吴均撰，仅十七条，多从旧书古籍中取材。由于作者为著名作家，叙述故事、刻画人物均有较高的艺术技巧。较早有关重阳节的传说，即是出于此书。

《述异记》：南朝梁任昉掇拾古代笔记、小说而成，将各地的奇风异俗、不可思议的怪现象辑录成短篇故事，兼具博物志的功用。

《冥祥记》：南朝齐王琰所撰，共十卷，原书已佚，鲁迅《古小说钩沉》辑录一百三十一条。书中多记因果报应的故事，主旨在劝人崇奉佛教，是现存较多的一部佛教宣传小说。

《冤魂志》：北朝齐颜之推所撰，共三卷。颜之推对南北朝思想状况和儒佛斗争、融合的历史非常熟悉，加上隋朝一统天下后，对儒、佛、道做一番清理，使他能建立儒佛一体论的思想。《冤魂志》援儒入佛，常从传统儒家观念看待善恶问题，反映了中国人的传统道德观念，有某些积极元素。书中所记，皆鬼神报应、天堂地狱之说，而且又引经史以证报应，已开儒、释混合之端，是一部属于佛教宣传因果的书籍。

劝善惩恶是魏晋以后志怪小说中的重要主题。可能是受儒家仁义道德的教导和佛家“善有善报，恶有恶报”思想的影响，文人所创作的故事皆有“人人都应该做好事，不应该为非作歹”的寓意，其中也有部分用意在宣扬宿命论、轮回说或各种伦理道德，反映出那个时代的思想。例如：董永是个勤劳又孝顺的好人，所以天帝派仙女来帮助他，而那些为非作歹的人、神、鬼、怪，到最后都自作自受，没有好的下场。

中国的小说里，不论是远古流传下来的，还是后人创作的，故事中的神、鬼、狐、怪都被赋予人的气质和感情，它们化身成人形，渴望和人在一起过生活，富有深厚的人情味，因此我们常常可以从中看见许多神怪和人类之间切不断的联系。

卷一·天神仙灵

两星君下棋改生死簿

星君

管辂是个可以预见生死寿命的人，某一日他来到平原郡，看见青年人颜超面色有着早夭的征兆。颜超的父亲就恳求管辂，询问能延长儿子寿命的方法。管辂对着颜超说："你回去准备一壶清酒，一斤干鹿肉。卯日这一天，在麦田南边的大桑树下，会有两个人在下棋。你只管给他们斟酒上菜，喝完再斟，直到斟完一壶酒为止。如果他们问你话，你只管对他们作揖叩头，都别说话。这样就有救了。"

颜超按照管辂说的话，果然在卯日这天的麦田南边，看见有两个人在大桑树下下棋。颜超在他们面前摆上菜、斟上酒。那两个人贪玩，只顾喝酒吃肉，也没有回头看看。

喝了几杯之后，坐在北边的人忽然看见颜超在那里，便大声怒斥说：“你怎么在这里？”颜超只管向他作揖叩头，不敢说话。坐在南边的人解劝说：“你刚才吃了他的酒肉，难道没有一点人情吗？”坐北边的人说：“他的寿命生死簿上已写定了。”坐南边的人说：“把生死簿借给我看看。”看见颜超的寿命只有十九岁，他就拿起笔来把九字勾到十字的前面，并对颜超说：“救你活到九十岁。”颜超很是开心，再三拜谢之后就回来了。

管辂后来对颜超说：“恭喜你增添了年寿。北边坐的人是北斗星君，南边坐的人是南斗星君。南斗记录生，北斗记录死。凡是人受了孕，都从南斗过录到北斗。所以，凡是要延长寿命，都得向北斗星君祈求。”

宿命难违，但管辂窥得“仙机”，让原本预定十九岁夭折的少年反转命运，一席酒肉换得九十大寿。

重义之人？狠辣之人？

庐山神君

张璞，字公直，籍贯不详。他任吴郡太守时，受朝廷征召后回来，路过庐山。全家子女们到供奉神灵的殿堂里游览，婢女指着其中一个神像和小姐开玩笑说："把这个配给你。"这天夜里，张璞的妻子梦见庐山神君送来聘礼说："我儿子没有什么贤能，感谢您的垂怜，选择他为女婿，因此特来表示我的一点心意。"

妻子从睡梦中醒来，觉得这个梦很古怪，一查才知道婢女开玩笑的事情。妻子很害怕，就催促张璞迅速出发。到了江的中间，船怎么也动不了。有人大声说道："把小姐投入水里，船就会前进了。"其他人跟着附和："神明的意思已经清楚了，因为舍不得一个女儿而毁灭了全家，怎么能行呢？"张璞说："我不忍心看见把女儿投入水里。"于是登上船顶上的房间选择不见，要妻子把女儿投入水里。

然而妻子竟将张璞已故哥哥的孤女代替自己的女儿，她让人在水中放置一张席子，孤女一坐到席子上，船就能够走了。张璞出来看见自己的女儿还在船上，就愤怒地对妻子说："我还有什么脸面见人？"于是又把女儿投入水里。等到渡过江时，远远看见两个女孩在江边，身边还有一位官吏，说："我是庐山神君的主簿。庐山神君知道鬼神不是世人的配偶，又敬重您的大义，因此把两个女孩都归还给您。"后来，人们问女孩们在水中的情形，她们说："只看到漂亮的房屋，还有很多官吏和衙役，根本不觉得是在水中。"

虎毒不食子，但张璞灭亲却十分坚决，牺牲侄女还不够，非得要女儿投水才罢休，竟然还受神君敬重，得到"大义"美名，若非真有鬼神搭救，两个女孩便真的被至亲灭口了。

古河神巨手劈山

巨灵

太华和少华这两座山本来是一座山，由于它阻挡着黄河，河水经过此地时要拐许多弯才能通行，于是河神巨灵用手掰开了这座山的上部，用脚蹬开了这座山的下部，使山体从中一分为二，让河水顺畅地流过。现今在华山上观看河神巨灵的手迹，其手指手掌的形状还历历在目，脚印还保存在首阳山下。东汉张衡《西京赋》所说的“河神巨灵用力气，高举手掌，远蹈脚迹，劈开了大山，使河流畅通无阻”，指的就是这件事。

在古代人们眼中，那些壮观景色无一不是神灵所造，“鬼斧神工”其来有自。

天上玉女

魏朝济北郡的佐吏弦超，字义起。嘉平年间，某天他夜晚睡觉时，梦见一个神女前来要求跟他一起过日子。神女自称是天上玉女，东郡人，复姓成公，字知琼，很早以前就死了父母，天帝可怜她孤单困苦，让她下凡来嫁人。弦超在做这个梦的时候，精神很亢奋，赞美她非常漂亮，不是一般人的容貌。睡醒之后他依然沉浸在梦境的回想中，好像真有这样一个天上玉女，又好像没有。就这样反复思慕了三四个晚上。

有一天，天上玉女亲自来找弦超，她乘坐华丽的车子，后面跟着八个婢女，身上穿着绫罗绮绣的衣服，姿色秀丽，体态轻盈，如同飞仙。玉女说自己已有七十岁了，但看上去却像个只有十五六岁的姑娘。车上配有青白琉璃制成的五套酒器，还有山珍海味、美酒佳肴，玉女与弦超一起享用。她对弦超说："我是天上玉女。天帝送我下凡来出嫁，所以才来追随你。这不代表你有什么高尚的德行，而是前世的因缘注定了我们应该成为夫妻。我虽然不会给你带来什么好处，也不会造成损害。你出门时可以常常驾轻车、骑肥马，用餐时常能吃到山珍海味，绫罗绸缎也经常可以用之不竭。不过，我是神，不能给你生儿育女，也没有嫉妒的本性，所以不会妨害你的婚姻大事。"于是，他们成为了夫妻。天上玉女送给弦超一首诗，诗中写道：

飘摇浮游在渤海蓬莱仙境，管弦嗷嘈发出悦耳的声音。

灵芝仙草不必要浇灌滋润，完美的德行随着时光来临。

神仙难道只是虚幻的感应，承顺上天命运来助你高升。

接纳我能使你家族得荣耀，背离我会招来灾害灭满门。

这只是她赠诗的大概内容。全诗有二百多字，无法完全抄录下来。同时，她还注释《周易》七卷，有卦辞和象辞，她的注释是以象辞为依据，故其注释的内容，既有道理，又能用来占卜吉凶，像扬雄的《太玄》、薛氏的《中经》一样。因此，弦超能够精通注释的意义，而用它来占卜吉凶。

玉女和弦超过了七八年的夫妻生活，弦超的父母为弦超娶妻之后，玉女便和弦超的妻子轮流与弦超进餐和寝息。玉女夜来晨去，行走如飞，只有弦超能看见她，其他人都看不见。她虽然住在昏暗的房间里，但是人们还是能够经常听见她说话的声音，看见她活动的痕迹，就是没人见过她本人。后来，有人感到奇怪就问弦超，弦超如实相报，玉女便要求离开，说："我是神。虽然与你交往，但是我不愿意让其他人知道。然而你的性情粗疏，现在我的真实情况既然被宣传出去了，就不能再与你交往。我们多年相处，恩情深厚，现在忽然要分别了，怎么能叫人不悲伤？但是，事情到了这个地步，不得不如此，我们各自努力吧！"玉女又命仆人摆设酒菜招待弦超，并打开箱子，拿出两套丝绸裙衫送给弦超，又赠送了一首诗。之后她拉着弦超的手，挥泪告别，肃然上车，像飞一样地走了。弦超为此忧愁多日，几乎病倒不起。

玉女离开后的第五个年头，弦超奉郡太守的命令到洛阳去，来到济北郡鱼山下，在往西走的路上，远远看见弯路的尽头有一辆马车，里面好像是离开多年的玉女。他快马加鞭地前去查看，果真是她。于是，他打开车帷与玉女相见，悲伤和喜悦瞬间涌上心头。他勒住左边的骖马，拽着登车的绳子上了车，与玉女一起乘车来到洛阳，筑室安家，再度结为夫妻，恢复了往日的恩情。到了晋武帝太康年间，他们还在洛阳，但是，玉女已不是每天都来，而是每到三月三日、五月五日、七月七日、九月九日，以及初一、十五才下凡来，只住一夜就离开了。后来张华为天上玉女写了一篇《神女赋》。

殊途尚能同归，何况缘分甚深，用心够真。我的女神，你仍然愿意嫁给我吗？

庇荫乡里的树之女神

黄祖

在庐江郡龙舒县陵亭的河边有一棵大树，高几十丈，经常有几千只黄鸟在树上栖息着。当时正值长期天旱，老人们都传说："那棵树经常有黄气，也许是神灵在此，可以向它求雨。"于是乡民们就拿着酒肉向大树祭祀求雨。

陵亭住着一个名叫李宪的寡妇，夜晚在卧室里，一名穿着绣有茶花衣服的妇女现身，向她自我介绍说："我是树神黄祖，因你本性纯洁，我帮助你维持生活。早晨时乡民们都想要求雨，我已经向天帝请求天降甘霖，明天中午将会降下大雨。"到了第二天中午，陵亭果真下起大雨来。于是，乡民们为树神建立了祠庙。树神说："我住在水边，各位乡亲长者在此，应当赠送一些鲤鱼。"说完，就有几十条鲤鱼飞来聚集在堂屋里，在场的人无不惊讶。

过了一年多，树神黄祖对李宪说：“这里将要发生重大战争，现在我要向你辞别了。”临走的时候，留给李宪一个玉环，并且说：“拿着它可以避免灾难。”后来，刘表和袁术互相攻打，龙舒县的老百姓都逃难走了，只有李宪的家乡没有遭受到战争灾难。

风调雨顺、饮食无虞、没有战乱，广大人民所祈求的，其实只是个能够安居乐业的微小愿望。

脱离苦闷现实，跌入洞天仙境！

刘晨、阮肇

汉明帝永平五年，剡县的刘晨和阮肇一同进山采谷树皮，在山里迷了路，回不了家。过了十三天，他们带的粮食全部吃光了，饿得快要死去。这时他们看到远远的山顶上有一棵桃树，结着很多果实，但隔着险峻的悬崖和极深的溪涧，完全没有上山的路。他们拉着藤蔓和葛条攀登，爬上山顶。两人各吃了几个桃子之后，便感到饥饿消除，体力充沛。接着他们又下了山，拿出碗来打水，想要洗漱一番。突然他们发现有芜菁菜叶从山腰里的溪涧里流出来，颜色很新鲜，接着又有一只碗流出，碗里装着芝麻米饭。两人相互说："这里离人的住处不远了。"于是一同走下小溪，沿着水流来的方向走了两三里路。

当他们转过一座山，这里有一条大溪流出，溪边站着两位姑娘，姿态和容貌都美得无人可比，看见他俩拿着碗走来，便笑着说："刘、阮两位郎君，把刚才冲走的碗送来了。"刘晨和阮肇本来不认识她们，由于她们一下子就叫出他俩的姓氏，像早就相识一般，便非常高兴地和她们相见。两位姑娘问道："你们为什么来得这般迟呢？"于是邀请他俩一同回家。她们的家是铜瓦盖的屋，南墙和东墙下各安了一张大床，都挂着深红色的罗帐，罗帐的四周吊着小铃铛，金银交错编在一起。两张床头各站着十个侍候的丫鬟。两位姑娘吩咐丫鬟说："两位郎君翻山越岭地走来，刚才虽然吃了几个桃子，仍然是又饿又累的，你们要快点做饭来。"不久，他们吃到了芝麻饭、干山羊肉和牛肉，味道很香美。吃完饭，斟上了酒。这时，有一群姑娘来了，她们每个人都拿着三五个桃子，嬉笑着对这两位姑娘说："祝贺你们的夫婿光临。"酒足之后，又奏起了音乐，刘晨和阮肇又高兴又害怕。到了夜晚，两位姑娘让二人各到一张床上安歇，她们分别前往陪伴他们，她们的言语清丽婉转，使刘晨和阮肇忘掉了一切忧愁。

过了十天，刘晨和阮肇想要回家，两位姑娘说：“你们既已来到这里，就是前世的福分把我们连在一起了，为什么又要回去呢？”就这样，他俩在山中停留了半年。到了春天，草木繁茂，百鸟啼鸣，刘晨和阮肇更加愁思满怀，思乡的念头更是强烈。两位姑娘说：“罪孽缠着你们，又有什么办法呢？”于是她们请来上次来过的姑娘，一共有三四十人，聚在一起吹、拉、弹、唱，共同为刘晨和阮肇送行，还给他们指明了回家的道路。

他们从山里回到家中以后，发现亲戚朋友都已经死了，村落和房屋也改变了原来的样子，再也见不到过去熟悉的一切了。经过一番打听才找到第七代孙儿，孙儿说：“听别人讲，我的上代祖先进山以后，迷了路没能回来。”到了东晋太元八年，刘晨和阮肇忽然离家远去，不知去向。

仙界人间已是隔世，三百年后的人间，还会有你我所思念的一切吗？

妙音

汉代泰山郡人黄原，清早开门，突然发现有一只黑狗伏在门外，就像家中饲养的狗在看门一样。黄原用绳把黑狗拴好，与同乡一道打猎。有一天，快到黄昏的时候，看到一只鹿，黄原就放黑狗去追赶，黑狗跑得很慢，虽然竭力驱赶，但始终没能把鹿追到。

黄原与狗赶了几里路，来到一个洞口。进洞走了一百多步，洞里忽然出现了平坦的大道，槐树柳树成行栽种，路边围墙环绕。黄原跟着狗进入一家大门，门内约有几十间房屋整整齐齐地排列着，房中全是些女孩，她们的姿容美好，服装艳丽，有的弹琴，有的下棋。

黄原到了北面的小楼上，这里有三间房，有两个人站在那里守门，像是在等候什么。这二人见黄原来了，对看了一下笑着说："这是黑狗引来的妙音的女婿。"说完，一人留在门口，另一人进小楼报信。

不一会，有四个侍女出来，说是太真夫人对黄原这样说："我有一个女儿刚刚成年，按前世的定数应做你的妻子。"天黑以后，有人引黄原进入里面去。里面有朝南的厅堂，厅堂前有水池，水池中央有高台，高台四角有直径一尺的孔，孔中有光亮映照床帐。妙音容貌姣好，服侍的侍女也长得漂亮。夫妻交拜以后，两人快乐地同食同宿，像早就相识一样。

过了几天，黄原想暂时回家报信，妙音说：“人与神情况各有不同，本来就不能长期在一起过日子。”到了第二天分别时，妙音把玉佩解下来送给黄原，她站在台阶上伤心得眼泪鼻涕都流出来了，哭着对黄原说：“我们没指望再见面了，我对你是非常爱慕和敬重的，你如果能够惦记我，到了每年的三月初一，请你斋戒沐浴来相见。”四个侍女把黄原送出了门，他只用半天时间便回到了家中，而他的神志却总是迷迷糊糊的。

后来到三月初一的那天，黄原就斋戒沐浴，天空这时便有一台蓬车隐约地朝他飞来。

狗儿虽然不善狩猎，却能牵起人神之间的红线，情分深厚，即便天上人间，年年都能再续前缘。

牛郎织女二部曲

董永

汉朝千乘县的董永和父亲相依为命，母亲在他年幼的时候就去世了。董永竭尽全力从事农业生产，并赶着小车运送东西挣钱养家。即使如此，父亲过世后，他还是没钱安葬，只好把自己卖给有钱人家当奴仆，用卖身钱来办理丧事。

主人知道董永孝顺，就给他金钱一万，让他回家去尽孝道。董永守孝三年结束后，准备回到主人那里去尽奴仆职责，途中遇到一个妇女对他说："我愿意做你的妻子。"于是，董永和她一起到了主人那里。

主人对董永说："我算是把钱送给你了。"董永说："承蒙您的恩惠，父亲的丧事才能办完。我虽是个微不足道的人，但我一定会尽全力干活，来报答您的大恩大德。"主人问："你的妻子会做什么呢？"董永说："她会纺织。"主人说："如果你坚持这样的话，那就让你的妻子帮我织一百匹细绢好了。"于是，董永的妻子就替主人家织细绢，只用了十天就织完了。

董永和妻子一起离开主人家，出了门，妻子对董永说：“我是天上的织女，因为你非常孝顺，天帝就让我下凡来帮助你还清债务。”说完，她旋即腾空而去，消失无踪。

牛郎织女神话其来有自，董永便是牛郎的另一世，无论前世今生，两人都情定彼此，生生世世都再做夫妻。

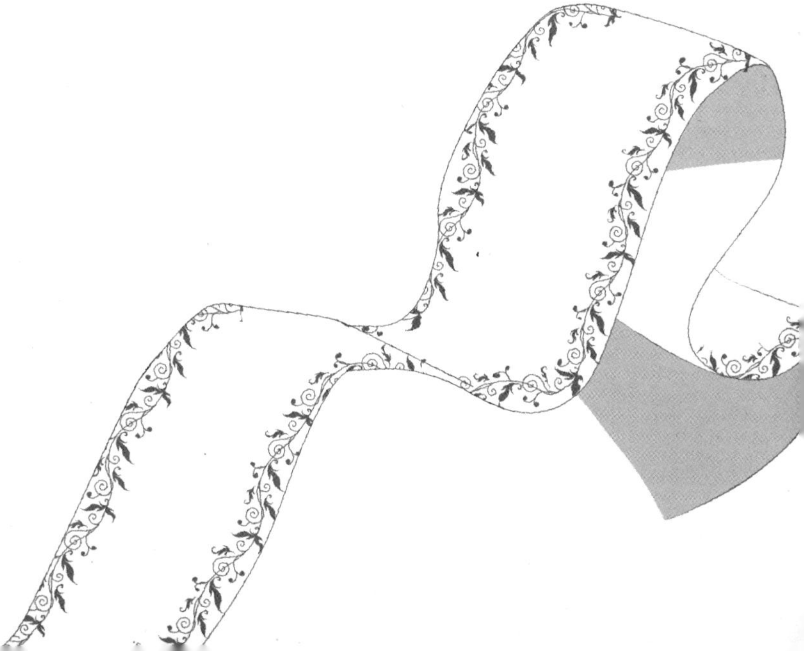

女神勇敢追爱

清溪娘子

会稽人赵文韶，担任东宫扶侍，住在清溪中桥。一个秋天的夜晚，赵文韶仰望明月，心中生起思乡的愁情，他斜靠在门框上唱起《西乌夜飞》这首歌，歌声如泣如诉。

这时只见一个年约十五六岁的丫鬟前来，对他说："我家娘子让我告诉您，我们正在月下追逐游戏，听到您的歌声，特地派我前来问候。"当时四处的人声还没有静下来，赵文韶对来人毫不惊疑，于是温和委婉地答礼，并邀请丫鬟的主人到家里来做客。

不一会儿，那位娘子到来了，她年约十八九岁，姿态容貌都十分可爱，随行的还有那个丫鬟。赵文韶问她家住在哪里，她指着溪旁的房屋说："就在那里。"又说："听到您的歌声，所以特地前来相见，哪能只听一首呢？"赵文韶立即为她唱了一曲《草生盘石》，歌声清亮流畅，又一次满足了姑娘的心意。于是她说："只要有了瓶，哪里还愁没有水？"并回头对丫鬟说："回去拿箜篌来，为扶侍弹几首。"

没多久箜篌拿来了，姑娘在弦上拨动了两三下，声音清脆悦耳，凄楚异常。她又吩咐丫鬟唱《繁霜》，自己解开裙带把箜篌拦腰系着，弹着弦为唱的人打拍子。

《繁霜》歌中唱道："黄昏风萧萧，落叶恋枝条，心中爱慕意，怨你未知晓。繁霜侵罗帐，为何守空房？明朝繁霜落，相隔两茫茫！"一曲唱完，夜已经很深了，姑娘于是留下来安歇。四更过后，姑娘才离去，临行时，她摘下金簪送给赵文韶，赵文韶也用一只银碗和一枚琉璃勺子回赠给她。

天亮以后，赵文韶到外面散步，偶然来到清溪庙里，坐在神像前休息，看见自己的银碗在神座上，非常吃惊，转身走到神像后，又见琉璃勺子也在那里，箜篌上依然系着裙带。只见清溪庙中有一尊女子神像，侍女站在神像跟前，赵文韶仔细辨认，发现与前晚见到过的两人长得分毫不差。此后，清溪庙里的神像便不知去向。这件事发生在宋元嘉五年的时候。

你唱歌，我演奏，女神听完歌声就动了心，借弹箜篌传情，最后神像不见去向，但应该就是私奔去了吧？

河神找女婿

河伯

刘宋时，余杭县南边有一个上湘湖，湖中筑着堤坝。有一人骑了马去看戏，后来又带着三四个随从到一处名为岑村的地方饮酒，大家喝得半醉，等到天色渐晚才一同回家。当时天气炎热，这人下马把自己泡在湖水里，枕着石头睡着了。他的坐骑挣断缰绳往家里跑，随从们全都去追马了，直到天快黑了都还没回到主人身边。

这人一觉醒来，发现夜幕低垂，自己的人和马都不见了，却看见一位年纪约有十六七岁的姑娘走到面前，对这人说："请允许我向你问一声，现在天已经黑了，这地方非常可怕，你打算怎么办呢？"这人反问："这位姑娘姓什么？为什么突然对我说这些话呢？"这时，又有一名少年来了，年龄大约有十三四岁，看起来聪明伶俐，他乘着新车，车后有二十个人跟随着。少年请这人上车，说："我父亲想与你见个面。"就把人拉上车往回走。

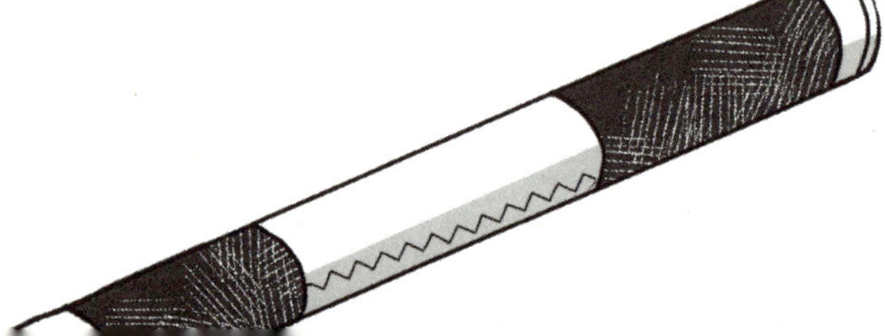

一路上，络绎不绝的人打着灯笼火把，一会儿就看到了城郭和街市，这人随即进入城中，来到一座衙门里的厅堂内，两旁树立着标明官号的旗帜，旗帜上写着“河伯”二字。不久屋里走出一男人，年纪在三十上下，容貌像画一样俊美，跟在他身后的护卫很多。他见到来客满心欢喜，吩咐手下的人摆酒宴招待，席间他对这人说：“我有个女儿十分聪明，想许配给你做妻子。”这人已经知晓对方就是河神，内心又敬又怕，不敢拒绝违逆。河伯于是立即叫人准备婚事，让这人就在这间屋子里成婚，他手下办事的人说一切早已安排就绪。

河伯送给这人丝绸单衣、夹纱绢裙、纱制贴身裤褂以及鞋子和木屐，这些东西都十分精美。又派来十个办事人员和几十个使女。河伯女儿年约十八九岁，姿态和容貌美好，就这样，两人结成了夫妻。第三天，河伯大宴宾客，新女婿行了拜门礼。到了第四天，河伯对女儿说：“依照礼制既有的规定，应该打发你夫婿回去了。”河伯的女儿将金盆、麝香囊作为临别纪念品，流着泪向夫婿告别，又赠送丈夫十万贯钱和三卷医药方，并对他说：“你可以用这些钱和药方为别人做好事。”

这人回家后，就不肯另娶他人，他向父母辞别，离开家乡，游走行医。

那三卷医药方，一卷是脉经，一卷是汤药方，一卷是药丸方，这人用这些方子四处救死疗伤，都收到非常好的效果。后来他的母亲年纪大了，哥哥也去世了，这人才回乡结婚做官。

河伯俊美，女儿也标致非常，更难得女婿也是重情重义、乐善好施之人，但如此佳偶却不能长久结合，礼制的难以违逆暗示了现实礼法对感情的重重限制，于是最后只能三卷医方伴身，行医四方。

水木精灵的报恩

藻兼

汉武帝在未央宫设宴招待文武百官，刚要喝酒吃菜时，忽然听见有人说：“我要冒着死罪一诉苦衷。”大家都看不到说话人的身影，找了半天才发现屋梁上有一个老头，身子只有八九寸长，面色发红，满脸皱纹，胡子头发都是雪白的，拄着拐杖躬着腰，样子十分衰老。

武帝问：“你这个老头姓什么叫什么？住在哪里？遭到什么灾难，要来向我告状？”老头沿着柱子滑到地上，丢掉拐杖只是叩头，沉默着不说一句话。他借势抬头看看房屋，又俯身指指武帝的脚，一下子就不见了。武帝又惊又怕，说：“东方朔一定知道这种事情。”于是把东方朔叫来，把事情的原委告诉了他。东方朔说：“这老头名叫‘藻兼’，是水木的精灵。他夏天在幽深的树林里居住，冬天潜伏在深水中。陛下不久前大修宫殿，把他安身的树木都砍了，所以跑来诉苦！仰头看屋而又俯身指您的脚，意思是足够了。希望陛下的宫殿建造到此为止，这样就足够了。”武帝听了大为感悟，从此以后就停止了兴建土木。

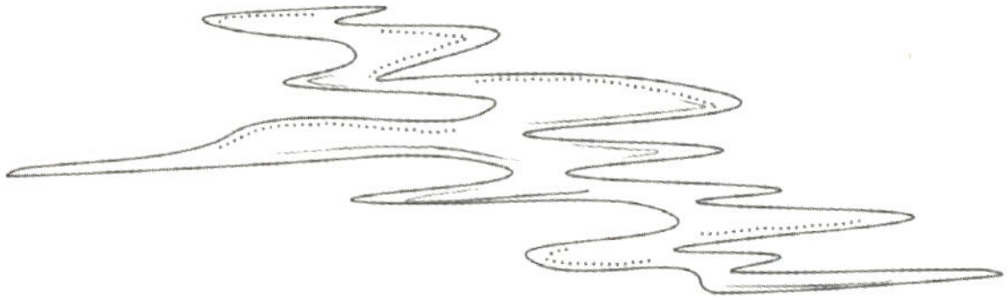

后来武帝来到瓠子河边，听见河底下有弹唱之声。发现藻兼和几个年轻人穿着深红色衣服，系着白色衣带，佩带着鲜艳夺目的装饰品，有的人还携带乐器。他们身高都约八九寸，有一人高一尺多一点。他们乘着波浪从河底现身，所穿的衣服却一点也没有被水打湿。武帝刚要进餐，看见他们来便停止了饮食，请他们并排坐在饭桌前面，问道：“刚才听到河底在奏乐，演奏的就是你们吗？”藻兼回答说：“我上次冒死到您那里申诉，有幸蒙受到如同天地一般的大恩，您立即停止了砍伐，使我们居住的地方得到保全，大家抑制不住内心的喜悦，所以在进行庆贺呢！”武帝又问：“能为我们演奏几首吗？”藻兼说：“特地带着乐器来，哪敢不演奏？”

于是那个最高的人就弹着琴唱了起来，歌中唱道：“天地有德兮大恩降，哀怜幽灵兮刀斧藏，保全巢穴兮住有房，敬祝天子兮寿无疆！”歌声清亮高昂，绕梁不绝，还有两人吹笛击拍，音调十分和谐。武帝听了非常高兴，举杯向他们劝酒，说：“我无德，担当不起你们送给我的美好称颂。”藻兼一伙人全都站起来拜谢赐酒，每个人都喝了好几升，却没有一个喝醉的。

藻兼献给武帝一个紫螺壳，里面装的物品形似牛油。武帝说："我愚昧，不认识这东西。"藻兼说："东方朔认得它。"武帝又说："请你另外给一样更珍贵、更稀奇的东西。"藻兼回头下令到洞中去取宝物。其中一人听到吩咐后就沉入水底，一会儿又回到岸上，手上拿着一颗大珠子，直径有数寸长，明亮耀眼，举世无双。武帝对这颗珠子爱不释手。这时，藻兼和那些年轻人忽然之间都消失了。

武帝问东方朔："紫螺壳中是什么东西？"东方朔说："是蛟龙的骨髓，用来擦脸，能使人脸色红润；女人怀孕，用它以后，生孩子一定很顺利。"恰好皇宫里有人难产，试用了蛟龙髓，果然非常有效。武帝用蛟龙髓擦脸，脸上便光润悦目。武帝又问："为什么这颗珠子叫洞穴珠？"东方朔说："河底下有个洞，有几百丈深，洞里有红色蚌，这是蚌生的珠，所以叫这个名字。"武帝不禁深深赞叹，又佩服东方朔的博闻卓见。

汉武帝武功卓著，更有大兴土木之举，因此藻兼也许是代替自己也代替民众，对好大喜功的武帝说一说心里苦，武帝总算不失明君风范，停止土木兴建，也获得精灵的报恩。

异鸟解蝗灾

帟侯

汉中地区有个鬼神名叫帟侯，经常落在人们用来遮尘土的小帐幕上，喜欢吃腌鱼之类的食物，能够预料吉凶。甘露年间，大蝗虫成灾，凡是蝗虫经过的地方庄稼都被吃光。汉中太守派遣使者向帟侯祈祷，用腌鱼祭祀它。官吏隐隐约约地看见帟侯的形状与鸠相似，而声音却像水鸟。帟侯对担任使者的官吏说：“蝗虫为灾是件小事，我马上就去消灭它们。”说完，它就立即飞走了。官吏回去后，把全部情况禀告了太守。不久，果然有亿万只鸟飞来吃蝗虫，一会儿蝗虫就被吃光了。

古人无力抵抗水、旱、虫、风等自然灾害，只好祈求神灵来帮助自己，漫天鸟群飞来解决蝗虫灾祸，不是神迹也必是奇景。

如愿

卢陵人欧明，同商人一起四处经商。路过彭泽湖的时候，常常把珍宝投入湖中，说是用这些东西作为送给湖神的礼物。就这样做了许多年，某次从彭泽湖经过时，他看见湖中有一条宽敞的道路，路上扬起漫天灰尘，有几名穿着单衣的小吏，乘着车骑着马前来相迎，他们自称是青洪君派来接客的。欧明知道他们是神仙，不敢不跟随他们去。

走了不久，便远远看见了官府的房舍和门前的衙役。欧明非常害怕，问小吏说："我怕是回不去了吧？"小吏说："没什么可怕的！青洪君因为你一向有礼，所以才邀请你来；他一定有重礼送给你，别的你都不要收，单单向他要'如愿'！"欧明进去后，青洪君对欧明知道如愿非常惊奇，心里舍不得但也无可奈何，只好把如愿叫出来，让她跟欧明一道回去。原来如愿是青洪君的使女。

欧明带着如愿回家，想要什么就能得到什么。几年后他就发了大财，他的态度也逐渐变得骄横不满，不再爱惜如愿了。正月初一那天，鸡才啼叫第一遍，欧明便去叫如愿起床。如愿睡着没起来，欧明便大发脾气要殴打她。如愿趁势逃跑了，欧明跟着追到垃圾堆旁。垃圾堆上堆着旧年做清洁时收拢的柴草，如愿便从这里逃脱了。欧明就用棍子挥打柴堆，想让她走出来。打了半天没人出来，才知道这办法行不通。于是他对柴堆说："如愿，只要你使我发财，我再也不会打你了。"

后来，人们在正月初一鸡叫第一遍的时候就会前往敲打垃圾堆，他们相信这样做可以使人发财。

沙猪虐妻的悲惨故事，竟演变成新年发大财的习俗，据方志记载，初一清早打柴堆的风俗直到清代还在某些农村流传。

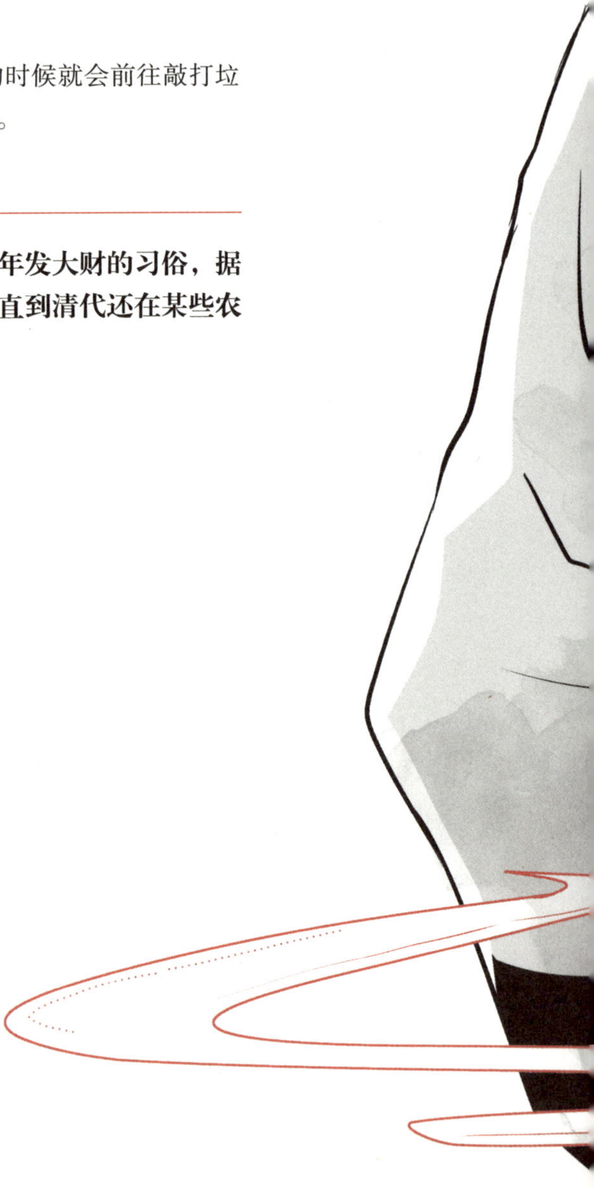

园客

济阴郡人园客，容貌英俊，乡邻中有不少人都想把女儿许配给他，但园客始终没有娶亲。他曾种植过一种五色香草，几十年来，一直服用这些香草的果实。某天，一只五色神蛾飞落在香草上。园客将它养在布上，神蛾开始生出桑蚕，一位神女每天晚上都会来帮助园客喂养桑蚕。他们喂桑蚕吃五色香草，共收获了一百二十个蚕茧，个个像水瓮那样大，每个蚕茧都要用六至七天才能把丝抽完。等丝全部抽完，神女与园客都成仙飞走了，谁也不知道他们去了什么地方。

园客的园里仿佛美不胜收的洞天，蚕茧晶莹如玉，香草弥漫香气，神蛾和神女伫立其中，恍若仙境。

仙女下厨做晚餐

白水素女

晋安帝的时候，侯官县有一个叫谢端的人，他自幼丧亲，又没有亲戚，幸亏好心的邻居收养了他。谢端为人谦逊谨慎，勤勉做事。到了十七八岁，谢端不再依靠邻居抚养，开始独立生活。当时的他还没有妻室，邻居们都很怜悯他，一直打算给他娶个妻子，只是一时之间未能找到。

谢端晚睡早起，不分昼夜地辛勤耕作。后来，他在城镇的附近得到一个大田螺，有装三升东西的壶那么大。他觉得这是个奇异的东西，就拿回家来养在水缸里。

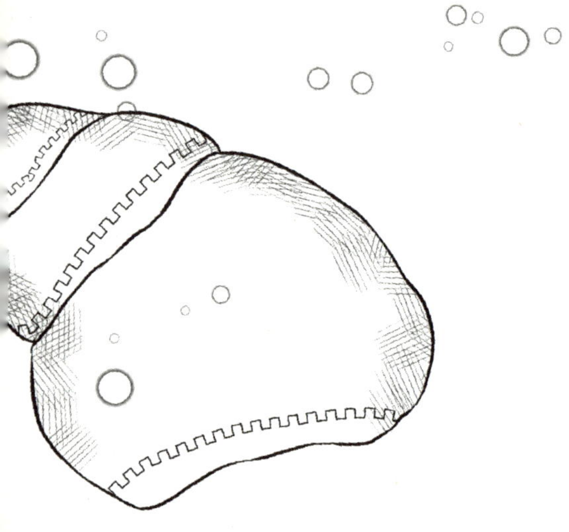

养了十几天之后，谢端每天早晨到田里干活回来的时候，发现家里已准备好饭菜汤水，好像是有人预先做好的。刚开始他以为这是邻居的好意，接连几天都是这样，他便去感谢邻居。邻居却说："我并没有做这样的事，为什么要感谢我呢？"谢端以为邻居不明白他的意思，然而天天都是这样，后来只好如实地跟邻居说明情形。邻居笑说："你定是娶了妻子，偷偷地藏在家里烧火做饭，怎么反过来说是我帮你做饭呢？"谢端无话可说，只是心里更加疑惑。

后来，谢端在鸡叫的时候出门，天刚亮就悄悄地回来，藏在篱笆外面往自己家里偷偷地察看。他看见一个少女从水缸里出来，到灶下去烧火。谢端于是进门去，径直走到水缸去看那个大田螺，结果只看见一个螺壳。他这才到灶下去问那名少女："你是从什么地方来的，为什么要帮我做饭？"少女十分惊惶不安，想要回到水缸里去，却又回去不成，只好如实回答说："我是天河中的白水素女。天帝哀怜你很小就死了父母，为人又诚恳正直，因此派我暂时为你看家做饭。让你在十年之内家庭富足、娶上媳妇，到那时，就是我应当回去的时候了。然而你却私下偷看，趁我不备之时突然闯进来盘问我。现在，我的真面目曝光，已经不适合再留下来，应当离开这里了。虽然如此，你今后的生活自然会稍好一些。你要辛勤耕作，兼以打鱼采摘来谋生。我留下这个螺壳离开，你用它来贮藏粮食，就能常年粮食无虞了。"谢端挽留少女，她始终不答应。这时忽然刮风下雨，一瞬间少女就消失不见了。

谢端为少女立了个神位，按时节祭祀她。从此，谢端生活富足，但也称不上非常富有。乡亲中有人把女儿嫁给了他。后来，谢端当了官，做了县令。现今侯官县还有素女祠。

白水素女又称作“螺女”或“田螺姑娘”，在民间是妇孺皆知的动人故事。白水素女勤劳、善良，对弱者富于同情心，至今在福建和其他沿海省份仍然备受崇敬。

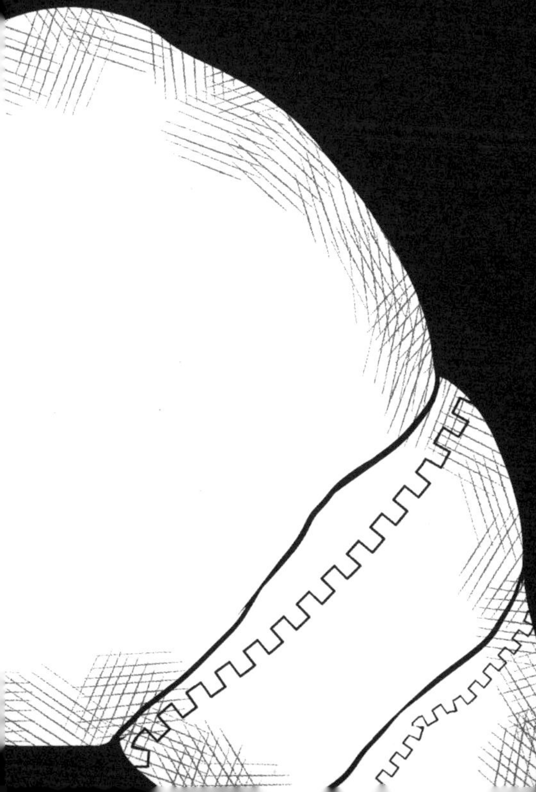

青鸟

在会稽郡剡县，名叫袁相、根硕的两个年轻人一起去打猎，他们翻越了一座座崇山峻岭，看见了六七头山羊，他们就跟着追赶。途中经过一座路桥，非常狭窄高峻。山羊跑过去了，袁相与根硕也跟在后面追过去。过了石桥，迎面的是一片断崖绝壁。土崖赤红，像墙壁一样耸立着，名叫赤城。上有水流奔泻而下，就像悬挂的布匹那样，剡县人称为瀑布。山羊一下子就跑到一个像门一样的山洞里，根硕二人也跟着进入山洞，只见里面平坦宽敞，草木芬芳，香气袭人。

山洞里有一间小屋，里面住着两位姑娘，年龄约在十五六岁，穿着青色的衣裳，容貌十分漂亮。她们看见袁相与根硕，十分高兴地说："早就盼望着你们来了！"于是，他们就各自结为夫妻。

有一天，姑娘们忽然要出门，说是又有同伴招来新夫婿，要前去庆贺一番。她们在陡峭的山崖上拖着鞋子行走，发出清脆悦耳的琅琅声。袁相与根硕两人都想回家，趁着妻子们不在，悄悄地踏上了回家的路。两个女子知道后就追了上来，并对他们说："你们可以回去。"同时把一个小提袋送给了根硕二人，并对他们说："但千万不要打开。"于是，袁相与根硕就回家了。

一天根硕外出，家里的人打开小提袋来看，那袋子就像莲花一样，剥去一层又有一层，一直剥到第五层，发现中间有一只小青鸟，小青鸟一下子就飞走了。根硕回来知道此事，心里十分惆怅。后来根硕去田里耕种，家里人按平常那样送饭去，却看见他呆坐在田里一动也不动，走近一看，发现根硕只剩下了一个躯壳，像是金蝉蜕壳一般。

无论东方西方，青鸟都是幸福的象征，人仙恋爱，结为夫妻，美满幸福，反映了人民的向往。但文末飞走的青鸟也预示了哀伤的心理，乱世的幸福终究难寻。

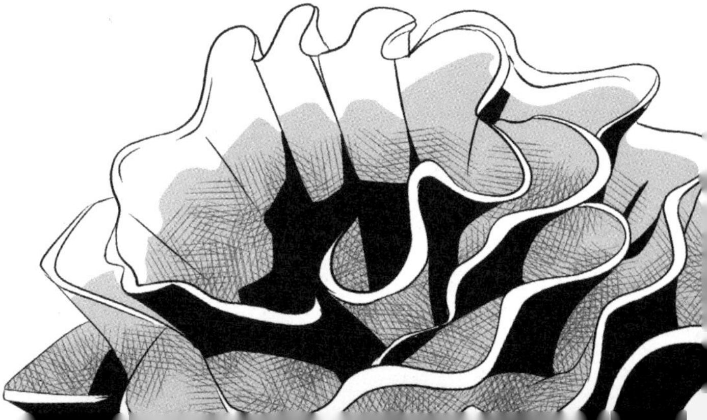

卷二·

鬼怪精兽

冷静能气死一只鬼

宋大贤

南阳城西郊有一座不能夜宿的客栈，如果住下就会发生灾祸。城里有一个叫宋大贤的人，为人正派守规矩，曾经在那座客栈住过一晚。

那晚，宋大贤坐着弹琴，没有携带任何兵器。到了半夜，一只鬼忽然来了，它爬上楼梯与宋大贤说话，瞪眼磨牙，样子令人厌恶。宋大贤照样弹琴。鬼见宋大贤都不理睬他，就走开了。

不久，鬼拿了一颗死人头回来，对宋大贤说：“你愿意和死人头睡觉吗？”接着就把死人头扔到宋大贤的面前。宋大贤说：“太好了，我晚上躺着没有枕头，正想得到这个东西。”鬼觉得没趣，又走开了。

过了一段时间，鬼又回来，说：“你愿意与我一起对打吗？”宋大贤说：“很好。”话还没有说完，鬼就站到了宋大贤的面前，宋大贤就顺势抓住了鬼的腰部。那鬼大喊：“痛死我了，痛死我了！”宋大贤最后把鬼杀死了。第二天再看那鬼，原来是一条老狐狸。从此以后，那座客栈再也没有妖怪了。

其实最恐怖的是宋大贤的冷静与冷酷，近乎无情的态度令人战栗，反而鬼还比较有点人情味。

卖鬼：大赚一笔的生意！

宗定伯

南阳郡人宗定伯，有次赶夜路时遇上一只鬼。他向鬼发问：“你是谁？”鬼回道：“我是鬼。那你是谁？”定伯故意骗鬼说：“我也是鬼。”鬼问：“那你要去哪里呢？”定伯回答：“我要去宛市。”鬼说：“我也要到宛市去。”于是他们一起结伴走了几里路。

鬼说：“走路好累，我们轮流背着对方走好吗？”定伯说：“这太好了！”鬼于是先背定伯，走几里路，鬼说：“你好重啊，你真的是鬼吗？”定伯回应：“我才刚死，所以比较重。”接着换定伯把鬼背到肩上，鬼轻到几乎没有重量。他们就这样轮流背了对方好几次。

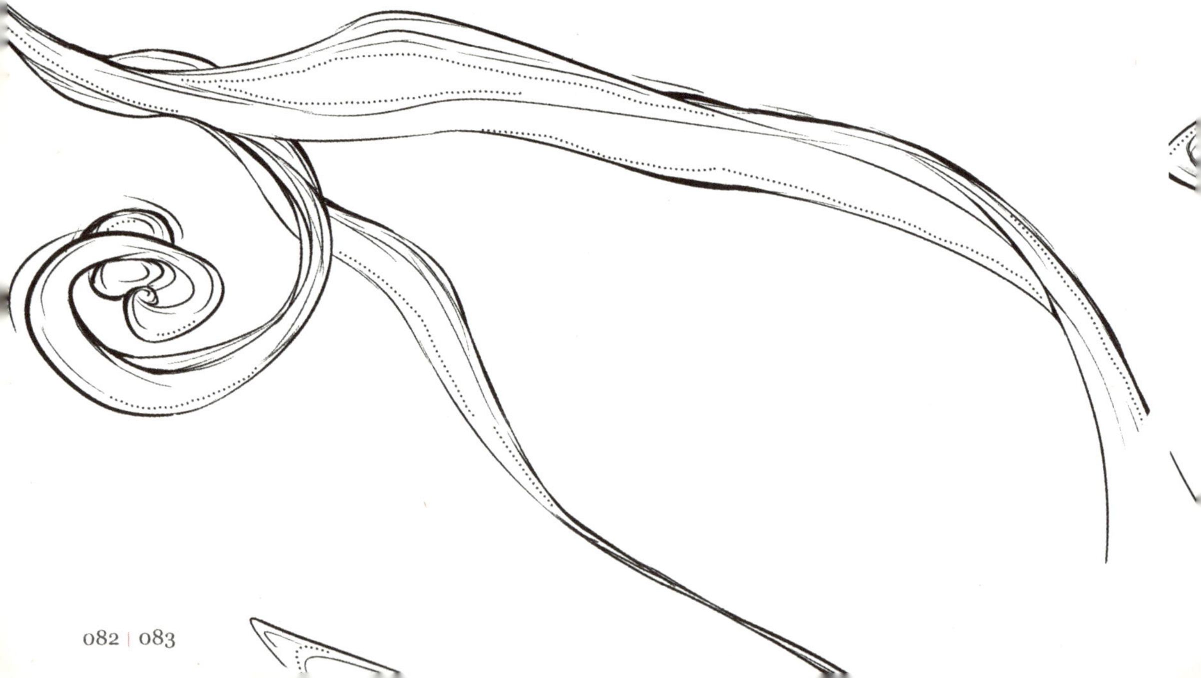

定伯又问鬼：“我刚死，不知道鬼会害怕些什么呢？”鬼说：“怕人对我们吐口水。”就这样，他们边说边走，前方突然出现一条河，定伯就让鬼先渡过去。鬼过河时十分安静，完全听不到水声。一到定伯下水时，却发出哗啦哗啦的水声。鬼这时又问：“为什么你过河会发出水的声响？”定伯说：“刚死的鬼不会过水，你不要大惊小怪。”

就在快走到宛市的时候，定伯突然把鬼抓到头顶上，紧紧掐住。鬼大声叫喊，拜托定伯让它下来。定伯完全不理它，一路跑到宛市中心，再把鬼用力摔到地上，鬼立刻变成了一只羊。定伯朝它身上吐口水。最后定伯还把鬼变成的羊给卖掉，卖了一千五百文钱，才离开宛市。

从此以后，宛市开始流传一句话：“定伯卖鬼显奇能，得钱一千五百文。”

知人知面不知心，定伯的“奇能”究竟是机灵聪明、冷静胆大，还是步步算计、城府深沉？路上如果遇到陌生的“人”，还是小心谨慎为好。

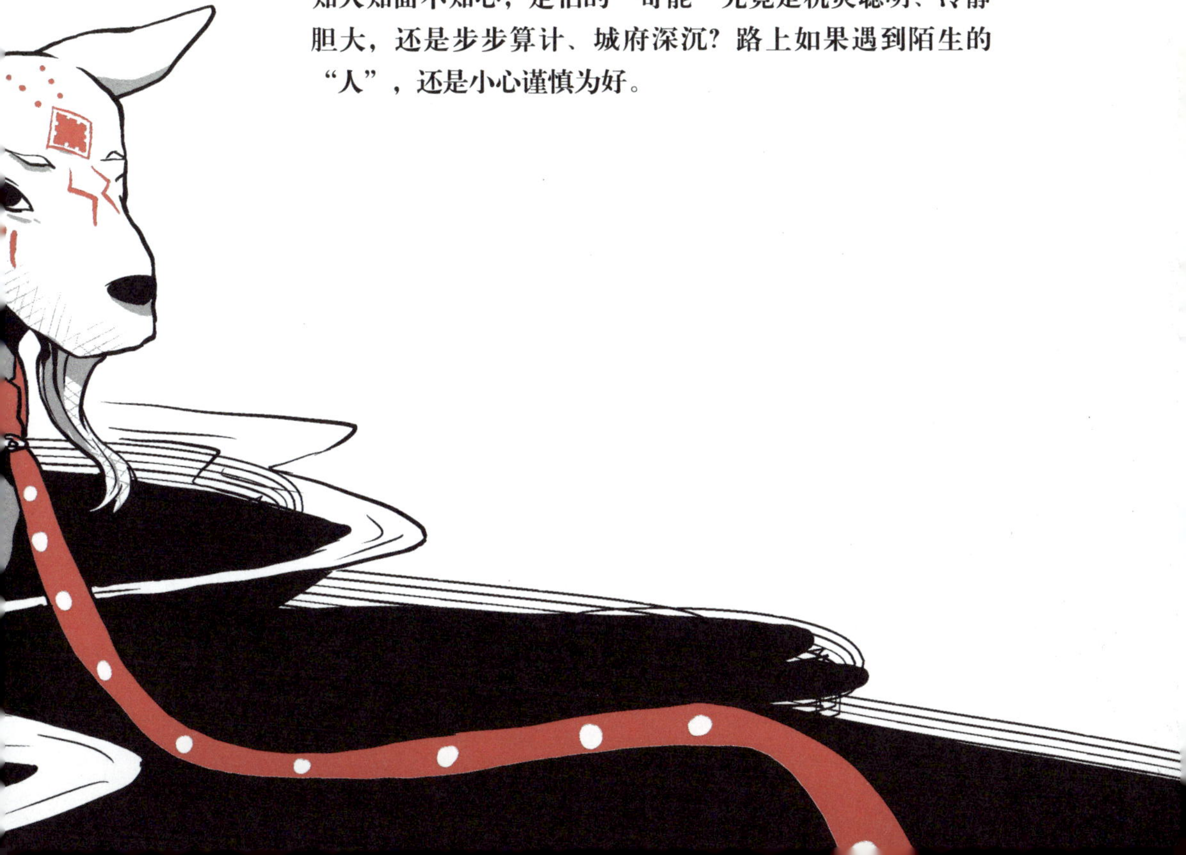

新鬼

有一个刚死不久的鬼，身形枯瘦、脸色疲惫。某日碰巧见到去世二十年的老朋友，长得魁梧壮硕。互相问候以后，老鬼问："你怎么变成这个模样？"新鬼说："我好饿啊，你应该知道很多填饱肚子的方法吧？能不能教我几招？"老鬼说："这很容易，你只要对活人作怪，他们害怕了就会给你东西吃。"

于是新鬼去了村庄的东边一户人家打算作怪，见他家的房里有石磨，新鬼便向前把磨推了起来。这家人平时信奉佛教、行善修行，见了鬼在推磨，便对孩子们说："你看，菩萨怜悯我们家，派鬼来帮忙推磨，我们快把麦子拿来吧。"说完便搬来一大袋麦子给鬼磨。到了傍晚，新鬼磨了好几斛麦子，实在疲惫到不行，才赶快离开这户人家。它回去生气地责问老鬼："你为什么骗我？我快饿死了！"老鬼反而鼓励它说："第一次嘛，再多试几次，自然会得到食物的。"

隔天，新鬼又从村庄的西边走进一户人家。这家人信奉道教，大门旁边有石碓，新鬼就爬到碓上舂起米来。这家的人大叹说：“听说昨天东边有鬼替别人帮忙，今天又来帮我，实在太感谢，我们应该拿些谷子给它舂。”说完便派了丫鬟来帮鬼放米筛糠。到了晚上，新鬼累得不得了，但这家仍然不给他东西吃。

新鬼回去后对老鬼大发脾气，说：“我们二十几年的老朋友了，你为什么不好好教我？我出去帮人做了两天的活，什么东西都没吃到。”老鬼说：“你碰得不巧，一家人信奉佛教，另一家人又信道教，本来就难以被鬼怪吓倒。我教你，你现在去找那些不信佛道的人家作怪，保证一定会有食物吃。”

新鬼又找到了一户人家，它走进院子里，看见有一只狗，就抱起来让它飘在空中。这家人从来没有碰过这样的怪事，非常惊慌，便去问巫师。巫师占卜说：“有鬼饿了要东西吃，你们快点准备丰盛的菜饭，在院子里祭祀它，这样怪事就不会发生了。”这家人便准备了一桌饭菜在院子里祭祀新鬼，新鬼终于能大快朵颐，吃了个饱。

此后，老鬼也不吝分享作怪方法，新鬼也渐渐掌握诀窍，再也不饿肚子了。

谦卑学习、锲而不舍、专注目标，最后熟能生巧——

无论学业、职场还是作鬼作怪，此条法则都适用。

超越时空的知音，一缕千古不朽的音乐魂

广陵散

嵇康性情豪放、志趣高尚，常常随心所欲地游览休息。有一次，嵇康走到离洛阳几十里的地方，打算在一个叫作月华亭的地方休息。有人告诉他，这里过去常发生命案，但嵇康为人潇洒旷达，丝毫不惧怕。

到了一更时分，嵇康弹起琴来，先弹了几首小调，乐声高雅脱俗，突然听到有人叫好。嵇康按着琴问道："你是谁？"一个声音回答道："我是个已死之人，埋在这里已经有几千年了。因为不幸死于非命，身体被毁坏了，不适合与你相见。但音乐是我过去的爱好，听到你的琴声清越和婉，实在忍不住叫好，请你不要被我吓到了。请你再多弹几首，好吗？"

嵇康莞尔，于是重新为它弹了一曲，弹完对它说："夜已深了，我们何不相见呢？身体形骸的事情，不必计较的。"于是一个无头鬼提着自己的头颅，来到嵇康面前，说："听到你弹琴，我的心神不禁豁然开朗，仿佛起死回生。"于是这鬼开始和嵇康谈论音律乐理，二者相谈甚欢。

后来鬼对嵇康说：“你琴借我，我弹首曲子送给你吧。”这鬼弹了一首古典曲子，即是后世著名的《广陵散》。嵇康向它学习，只花半个晚上就全部学会，但远远不及鬼弹得好。鬼要嵇康发誓，终生不得传授《广陵散》于他人，也不能对别人说出它的身份，嵇康豪爽地答应了。不知不觉，已到黎明时分，二者都十分不舍，这鬼对嵇康拜别道：“虽然我们只在今晚见过一次面，但彼此间的友谊却像千古厚交一样深，如今就此永别了。”说罢，鬼便消失在第一道曙光之中。

知音难寻，但即便只见一面，就能感觉两人几生几世的缘分。据《晋书·嵇康传》记载，嵇康学成《广陵散》后，恪守誓言，终生不曾传授他人。后来他遭受诬陷被判死刑，在临刑前要来一张琴弹奏这首《广陵散》，曲毕惋惜长叹道：“《广陵散》于今绝矣！”或许在死后的世界，他能遇见下一个知音，弹琴说乐，仿佛那一晚。

弘氏

南朝梁武帝想在他父亲的陵墓旁修建一座寺庙，但因为没有质量好的木材，便命令官员们去寻找。

当时有一个姓弘的曲阿人，家中非常富有，他和亲戚在湘州经商。多年后弘氏造了一个大木筏，长达千步，用的木材质地美观，世间少有。当他们乘着木筏路经南津港时，南津校尉孟少卿为了讨好朝廷，便假借执法之名对弘氏百般刁难。

弘氏有些衣服绸缎等商品没有卖完，孟少卿便诬陷说这些是抢来的，还说衣物的制作规格超出了礼制，不是商人应有的东西，并判处了弘氏死刑。孟少卿没收了他的木材，打算把这些木材用来修庙，向武帝邀功。

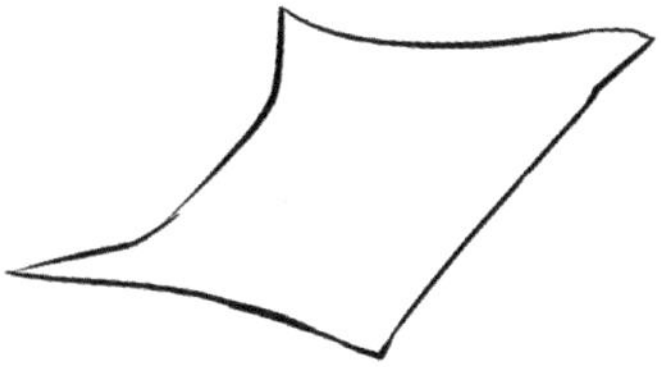

弘氏在行刑的那天对妻子说："你把黄纸和笔墨放进棺材里，假如人死后灵魂不灭，我一定会找阴司申冤。"弘氏在纸上写了几十遍孟少卿的姓名，然后把纸吃进肚子里，含冤赴死。

一个月过去了，一天孟少卿端坐在家中，突然弘氏的鬼魂腾空迎面扑来。一开始孟少卿还能边躲闪边抵挡，到后来就只能不断地喊“饶命”了。弘氏丝毫不理，最后孟少卿嘴里喷出鲜血，很快就死去。紧接着所有承办这个案件的官吏，以及在与这个案子相关的奏章上签过名的人皆一个个死去，连新修好的寺庙也无端被一场大火烧尽，甚至连木柱埋在地下的部分也成了灰烬。

贪官污吏迎上压下，丑恶行径令人不齿，真的做鬼也不能放过。

邪恶？正义？谁说了算？

顾邵

顾邵在担任豫章郡太守时，提倡办学校，禁止滥祭鬼神。之后他下令逐个拆毁庙宇，到了要拆庐山庙时，全郡的人都加以劝阻，他依然一意孤行。

一天夜里，顾邵听到了大门被推开的声音，正感到奇怪时，忽然一只鬼出现在他面前，自称是庐山君。顾邵请它上座，同它谈论起《春秋》，整整一夜，谁都不能把对方辩倒。

顾邵叹服鬼的精细善辩，对鬼说：“《左传》中记载的晋景公梦见的那个大厉鬼，看来古今都有。”鬼笑着回答说：“现在说大是有，厉害却谈不上。”后来灯油烧干了，顾邵也不叫人去取，随手把《左传》撕下来烧着当灯点，鬼连连请求退去，顾邵却一再挽留。这鬼本想侵害顾邵，见顾邵元气旺盛，无法找机会下手，只好反过来谦卑地请求修复庐山庙，说得恳切周到，顾邵只是笑而不答。

鬼后来怒气冲冲地要走，回头对顾邵说：“今晚我不能伤害你。三年之内，你的元气必定衰竭，我会在那个时候再来报复。”顾邵好整以暇：“有什么事要这样匆忙呢？暂且再留下谈谈吧。”鬼就消失得无影无踪。顾邵再去查看大门和房门，都像原先那样关闭着。

到了鬼所预言的日期，顾邵果然生了重病，常常梦见当年的鬼来追打自己，并且劝自己重修庐山庙。顾邵说：“邪恶岂能战胜正义！”始终不接受鬼的要求。不久之后，顾邵就死去了。

邪恶岂能战胜正义！但什么是邪恶，什么是正义？这些只有胜利者说了才算。

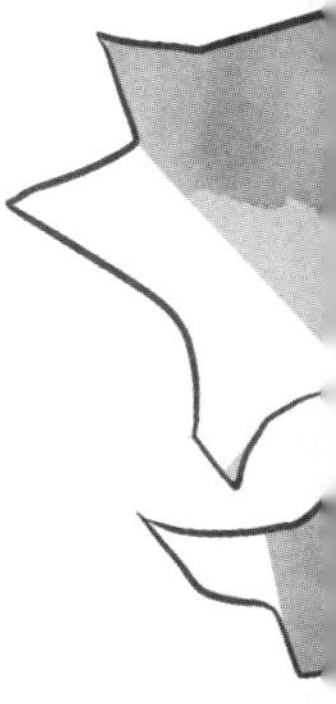

丁姑

淮南郡全椒县有一个名叫丁姑的女子，本来是丹阳县丁家的女儿，十六岁那年嫁给了全椒县谢家。丁姑的婆婆严厉暴虐，命令她干活都有定量，如果没有达到就鞭棍齐下。最后丁姑终于受不了，在九月九日这一天上吊了。此后在民间就流传着一些关于她阴魂显灵的事。

一日，丁姑穿着青白色的绸衣，戴着青蓝色的头巾，后面跟着一个婢女，在牛渚山下的渡口边显灵。这时，正好有两个男子驾着船在江里捕鱼，丁姑就请求他们帮忙搭船过去。这两个男子嬉皮笑脸，一起调戏她们，说："给我们当老婆，就把你们送过江。"丁姑说："我以为你们是正派人，却一点也不懂得道理。如果你们是人，那就让你们陷入泥里死。是鬼，就让你们在水中淹死。"说完，她们就退进了草丛中。

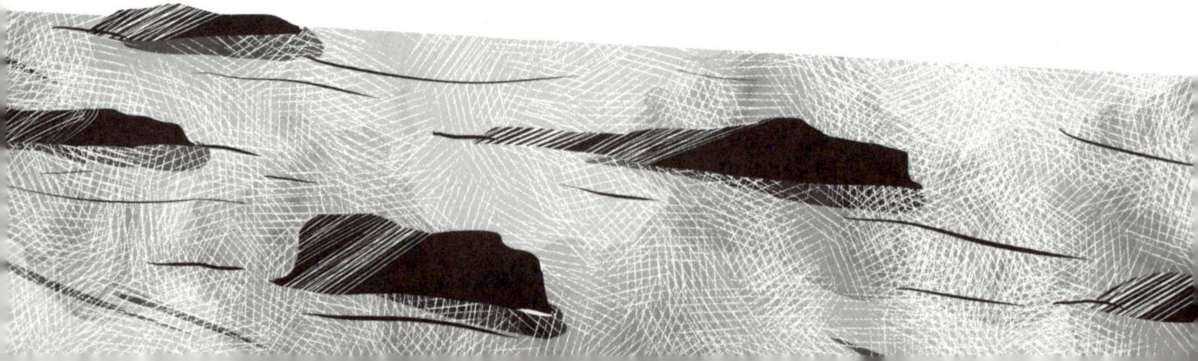

不一会儿，一个老翁载满一船芦苇经过，丁姑请求他帮忙渡过江去。老翁说："船上没有舱房，怎么能让你们露在外面过江？"丁姑说："您不必担心。"老翁就把一半左右的芦苇腾了出去，在船中安排了座位，送她们到另一头。临走的时候，丁姑告诉老翁："我是鬼神，不是人，承蒙您的厚意，腾出芦苇帮助我们过渡，我非常感激。酬谢您的东西就在西岸，如果您到了西岸，便可以看见我的一点心意。"老翁说："我唯恐照顾不周，怎敢蒙受你们的谢意呢！"

后来老翁的船驶向西边，远远就看见两个男子翻船在水中淹死了。又向前几里，看见有上千条鱼搁浅在岸边。老翁就放下芦苇，带着这千条鱼回去了。

丁姑也曾显灵托话给巫祝："我很同情家庭妇女，她们终年劳动，非常疲倦。从今以后，让她们在九月九日这一天不用做事。"后来妇女们在九月九日不用做事，都把这一天作为休息日。

古代妇女处在社会的底层，受人奴役轻贱，非常希望有自己的守护神。丁姑体恤妇女，惩恶扬善，实现了古代妇女的愿望。

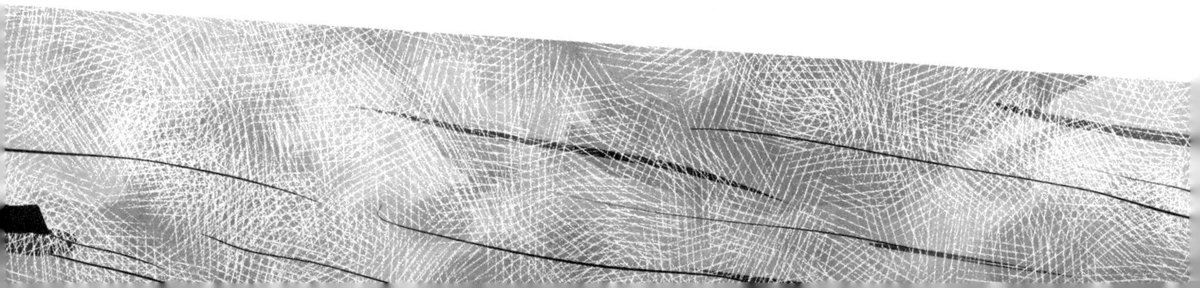

何组长连眉头都不必皱，就知道此案并不单纯

苏娥

东汉的时候，九江人何敞任交州刺史。有一年，他到苍梧郡高安县视察吏治情况，夜晚住在鹄奔亭。

快到半夜的时候，忽然有一个女鬼凌空出现，向何敞高声申诉说："小女本是苏娥，本来住在广信县，是修里人。我从小就失去了父母，又没有兄弟，嫁给了同县姓施的人。我命苦，丈夫又早死了，家里只有一百二十匹杂色丝绸和一个名叫致富的婢女。我孤苦贫困，瘦弱不堪，无法维持生计，想到邻县出售丝绸。我出了一万二千租金，向同县男子王伯租了一辆牛车。致富执缰赶车，拉着我和丝绸，在前年四月十日来到这个驿亭边。当时天色已近傍晚，路上没有行人，我们不敢再往前赶路，就停了下来。这时，致富的肚子突然痛了起来，我就到亭长家要了点开水和火种，亭长龚寿拿着兵器，来到牛车旁边。他问我：'夫人从什么地方来？车子装的什么东西？你丈夫在哪里？为什么一个人出门在外？'我回答说：'不敢烦劳你询问这些事！'龚寿顺手抓住我的臂膀说：'我喜欢漂亮的姑娘，想和你快乐快乐。'当时我很害怕，拒绝了他的要求。龚寿立即拔出刀来刺进我的胁下，一刀就把我杀死了。接着又杀了致富。龚寿挖开这座亭楼的地面，把我们埋在一起，我在下面，致富压在我上面。就这样，龚寿抢走了我的全部财物。他还杀牛烧车，把车钉和牛骨藏在驿亭东边的枯井里。我含冤而死，无边的痛苦深深地感动了上天，但是，我无处申冤，只好来到圣明的使君面前，倾诉我的冤仇。"

何敞说："我可以帮忙挖出你的尸体，但是，你的尸体有什么标记呢？"苏娥说："我全身穿白色的衣裳，脚上穿着青丝鞋，都还没有腐烂。希望使君向我的家乡查访，把我的遗骨与我死去的丈夫合葬。"何敞派人发掘尸体，情况果然是这样。他就奔驰回府，派出衙役逮捕龚寿。经过审讯，龚寿供认不讳。何敞又将这个案子下发到广信县查证，与苏娥说的也完全相同。

此后，龚寿的父母兄弟，都被逮捕入狱。何敞在上奏龚寿案情的表章里写道："按照法律，杀人之罪不至于诛杀全家，然而龚寿罪大恶极，又隐藏多年，王法自然不会宽大这种罪犯。特别是让鬼神申诉冤情的事，更是千年来也没有过的。我请求处决龚寿全家，以此来表明鬼神的灵验，帮助阴司惩办恶人。"上司批复，同意何敞的判决。

生前惨遭杀害，死后阴魂告状，戏剧里的狗血情节，其实早早始于古人的笔下。只是完全没有科学证据，就可以断定一家人的生死，只能说何组长铁口直断，好大的官威。

错认人为鬼：一桩惨烈的误杀案

秦巨伯

琅琊人秦巨伯，六十岁，有一次喝醉了酒赶夜路，经过蓬山庙，忽然看见两个孙子来迎接，搀扶着他走了一会儿，接着就抓住他的脖子把他按在地上，咒骂说：“老奴才，你那一天用棍棒打了我们，我们今天要你好看。”秦巨伯回想起来，那一天确实是用棍棒打了这两个孙子。于是，秦巨伯假装晕过去，两个孙子就扔下他走了。

秦巨伯回到家里，想要整治两个孙子。两个孙子连连跪下磕头对祖父说：“我们万不可能如此不孝！恐怕是鬼魅作怪，请您再去查证吧。”秦巨伯这才醒悟过来。过了几天，秦巨伯假装喝醉，到蓬山庙附近走动，果然又看见两个孙子走来。他们照样搀扶秦巨伯，秦巨伯一下子就抓住他们。他们动弹不得，现出鬼魅的原形。

这两只鬼被秦巨伯带回家，被放在火上烤，烤到肚子和脊骨都焦裂开了，最后他以为鬼已经死了，就把鬼扔到院子里。不料这两只鬼趁夜色逃走了，秦巨伯很遗憾不能杀之而后快。

一个多月之后，秦巨伯又假装喝醉去蓬山庙，他怀里揣着刀子准备杀鬼。到了深夜，秦巨伯还没有回家来，他的孙子怕他又被鬼魅缠住，便一起去找他，而这时秦巨伯以为孙子们是鬼，便拿出刀子刺向他们，将两个孙儿都杀死了。

秦巨伯杀心大起，一心想杀鬼，但最后误杀的最大原因不是人鬼不分，而是他心中没有一点仁慈。

暗杀后母计划

孙氏

永嘉年间，黄门将张禹曾经从大沼泽地路过。当时天色阴暗，他忽然看见一户人家大门敞开，便向前走到厅堂里。有个丫鬟出来问他有何贵干，张禹说：“我赶路遇雨，想在这里借宿。”丫鬟回去报告，不一会儿就出来请张禹进去。

张禹进去后，看见一个妇人坐在帷幕中，年纪有三十来岁，身旁有两个侍候的丫鬟，衣服都鲜艳华丽。妇人问张禹需要什么，张禹说：“我自己带了干粮，只需要一些开水。”妇人便命丫鬟拿铁锅来。张禹就生火烧开水，虽然听见开水沸腾的声音，但用手一摸，水却是凉的。

妇人说："我是一个已经死去的人，坟墓里没有什么东西供你使用，只能惭愧了。"又抽泣着告诉张禹说："我本姓孙，是任城县孙家的女儿，父亲是中山郡太守。我嫁到顿丘李家，生了一男一女，男孩十一岁，女孩七岁。我死后，丈夫爱上了我原来的丫鬟承贵。现在我的孩子常常被承贵用棍棒毒打，头和脸都被打伤了，为了这件事我悲痛得穿心彻骨，很想杀死承贵，但我无计可施，需要借助别人的力量。现在我想拜托你帮助我完成这件事情，我会重重报答你的。"

张禹回道："我虽然很同情你说的这些，但人命关天，我不敢从命！"孙氏说："哪里是要你亲手去杀她！只是想托你替我告诉李家，说出我对你讲的这些事情。我的丈夫会怀念我们过去的情意，而承贵一定会要求祈祷消灾。到时你就告诉他们，说自己会施降妖除怪的法术，我丈夫听了一定会叫承贵亲自到场敬神，我就趁这个机会杀掉她。"张禹答应了孙氏的要求。

天亮后，张禹从墓中出来，把孙氏说的一切告诉了李家。孙氏的丈夫很吃惊，说给承贵听，承贵非常害怕，就向张禹求救。祈祷开始后，张禹看见孙氏从外边进来，二十多个丫鬟跟在她后面，她们都拿着刀向承贵刺去，手起刀落，承贵马上倒地死去了。

不久之后，张禹又经过这片沼泽地，孙氏派丫鬟送了五十匹杂色绸缎报答他。

西方童话里有诸多虐待孩子的继母，但东方母亲显然更有魄力，直接帮孩子杀掉后妈。

铁臼

刘宋东海县的徐某，原先娶许氏为妻，生下一个男孩，名叫铁臼。后来徐氏死了，徐某又另外娶了一位陈氏。陈氏十分凶恶，一心想除掉铁臼。后来她也生了一个男孩，她时常对孩子耳提面命：“你长大后如果不除掉铁臼就不是我的儿子。”因而给小孩取个名字叫铁杵，意思是要用杵捣毁臼。

陈氏经常殴打铁臼，对铁臼使尽了各种虐待的方法，饿了不给饭吃，冷了不给棉衣。徐某生性愚昧懦弱，又经常不在家中，陈氏更肆无忌惮地虐待铁臼。后来铁臼终于因为抵不住饥寒和毒打死去，死时只有十六岁。

铁臼死后十多天，他的鬼魂回到家中，踏在陈氏的床铺上说："我就是铁臼，我本来没有一丝一毫的罪过，无端被折磨死了。我的母亲把冤枉向上天起诉，我现在得到天上官府的公文前来捉拿铁杵，我会让铁杵生重病，让他受到与我相同的折磨，到了一定的时候再把他带走。现在我就留在这里等他死。"鬼魂说话的声音同铁臼活着的时候一模一样。家人和客人们都看不见说话人的身影，却听得清清楚楚。铁臼鬼魂从这以后就一直在屋梁上住着。

陈氏下跪赔罪，自己打自己的耳光，并且用食物祭奠铁臼鬼魂。但铁臼鬼魂说："用不着这样做。不给饭吃直到让我饿死，难道是一顿饭可以抵偿的？"陈氏夜里悄悄地和旁人谈起，铁臼鬼魂立刻大吼："你还敢说三道四？现在就弄断你家的屋梁！"家里人便立即听到了锯木头的声音，木屑也随声落下；忽然"哗啦"一声巨响，就像屋梁当真要坍塌一样。全家人跑到门外，点着蜡烛一照，房屋完好无损，与原来完全没有两样。

铁臼鬼魂又骂铁杵说："你妈把我杀了，你居然还敢在屋子里心安理得地坐着？我要放火烧你的房子。"屋里马上便有火焰燃烧起来，烟大火猛，吓得里里外外的人躲的躲、逃的逃。一会儿大火自行熄灭，屋顶上的茅草都还是整整齐齐地覆盖着，看不到一点烧坏的地方。

铁臼鬼魂天天咒骂，有时还在屋里唱起悲歌："桃李花啊桃李花，无可奈何遭霜打！桃李子啊桃李子，严霜摧残早早死！"声音哀伤悲切，似乎是在伤心自己不能长大成人。

自从铁臼的鬼魂来了以后，年仅六岁的铁杵就开始发病，浑身疼痛，腹部肿胀，胃气上升，妨碍饮食。铁臼的鬼魂也多次殴打他，被打的地方出现青黑色的肿块。过了一个多月，铁杵死了，屋子里就再也听不到铁臼的声音了。

鬼魂以牙还牙，惩罚后母，杀死其子，灰姑娘的继母继姐该庆幸自己生在西方。

妈宝求职记

蒋济

蒋济担任领军将军时，他的妻子梦见已经死去的儿子痛哭流涕地对她说："人生前和死后太不一样了！我活着的时候是达官贵人的后代，现在在阴间却当上了泰山府的差役，遭受的困苦和屈辱，简直不能够再提。现今太庙里的西席歌者孙阿马上会被阴司召去担任泰山令，希望母亲把我的情况告诉父亲，并请父亲托付孙阿，让孙阿调我到称心如意的职位上去。"他的话刚说完，他母亲就忽然惊醒了。

第二天，蒋济的妻子把这件事告诉了蒋济，蒋济说："只是做了这样的梦罢了，没有什么值得大惊小怪的。"第二天夜里，蒋济的妻子又梦见了儿子，儿子说："我来迎接新任长官，住在太庙里，未出发之前，暂时回家。新长官明天中午应该起程，临走时事情很多，我就不能再回来了，现在是来永别的。我父亲禀性刚强，难以使他动心，所以向母亲诉说，希望您再次跟父亲讲一讲，父亲为什么不去试一试呢？"于是向母亲介绍了孙阿的模样，说得非常详细周到。

天亮后，蒋济的妻子又告诉蒋济说："昨天晚上又做了一个这样的梦，虽说做梦不足为怪，但这确实是太巧了！你又为什么不去验证一下呢？"

蒋济便派人到太庙打听孙阿，果然找到了他。他的形状特征，完全像蒋济的儿子所说的那样。蒋济哭着说：“差一点对不起我的儿子！”于是就接见孙阿，把这事全都说了出来。孙阿并不害怕马上就要死去，反而为能当上泰山令而高兴，只是怕蒋济的话不确实。他对蒋济说：“假如真像您说的那样，这可真是我的愿望。不知您的儿子想得到什么官职？”蒋济说：“请任选一种阴司里的人喜欢干的事给他。”孙阿说：“我会听从您的教诲的。”蒋济于是重赏了孙阿。说完话，蒋济便让孙阿回去了。

蒋济想尽快知道这事是否灵验，在从领军府门至太庙的路上，每隔十步远安排一个人，用来传递孙阿的消息。辰时，传报孙阿心痛；巳时，传报孙阿心痛加剧；正午，传报孙阿死亡。蒋济哭着说：“虽然我可怜的儿子不幸死去，但聊以自慰的是死者的精神不灭。”此后过了一个多月，儿子又回来托梦，告诉他母亲说：“感谢母亲大人，我已经被调去当录事了。”

托梦给溺爱自己的母亲，并请有地位的父亲出面拉关系、谋职位，生是“妈宝”人，死是“妈宝”魂。

生死两茫茫的人鬼悲恋

紫玉

吴王夫差的小女儿名叫紫玉，妙龄十八，容貌娇美又有才华。紫玉非常喜欢一位名叫韩重的青年，韩重年方十九，却已懂得治道之方。紫玉私下派人送书信给韩重，答应做他的妻子。韩重要到齐鲁之间去学习，临走前嘱托他的父母，派人向吴王提亲。吴王知道后并不愿将女儿许配给他。紫玉因此抑郁而死，埋葬在都城的阊门外。过了三年，韩重回乡问起求婚的事，父母答说：“吴王大发雷霆，紫玉抑郁而死，早已下葬。”

韩重悲痛万分，准备了祭奠用的牲畜物品，到紫玉墓前吊唁。紫玉的魂魄从坟墓里出来会见韩重，哭着对韩重说：“三年前，你的父母向我父王提亲，原以为能实现我们的愿望，没想到竟遭到这样的命运，但又有什么办法呢！”她转头开始唱道：

南山有乌鹊，北山张网罗。
乌鹊已高飞，网罗奈他何！
我想许配嫁给你，蜚语流言实在多。
悲闷郁结生疾病，丧命黄泉已死过。
命里没有好运气，喊叫冤屈又如何！
鸟类有尊长，名字叫凤凰。
一日失雄凤，三年心悲伤。
鸟雀千千万，难与再成双。
我本少容颜，逢君增辉光。
身远心贴近，怎能把你忘！

曲毕便痛哭流涕，抽噎不止。紫玉邀请韩重到墓里去，韩重说：“死和生各有不同的道路，我害怕犯下罪过，不敢接受你的邀请。”紫玉说：“我也知道死和生各有不同的道路。然而今日一别，我俩永远不会有见面的机会了。难道你是害怕我是鬼欲祸害你吗？我是想真诚地奉献给你，难道你还不相信吗？”韩重被她的话感动了，就送她回到坟墓里。

紫玉摆设酒席，与韩重尽情饮宴，他们像阳间的夫妇般愉快地过了三天。临走时，紫玉拿出直径一寸的大明珠送给韩重，说："既然我们的名声被毁坏了，心愿也无望，还有什么可说呢！季节变化时，你要注意保重身体。如果到我家去，请向我父王问候。"

韩重出来之后就去拜见吴王，提起此事。吴王大怒："我的女儿已经死了，你还制造谎言，玷污亡灵。你不过是掘墓盗物，假托鬼神骗人罢了。"吴王下令逮捕韩重。韩重逃脱后，到紫玉墓前诉说这件事。紫玉说："莫要发愁，今日我就回家禀告父王。"

当晚吴王正在梳妆，忽然看见紫玉出现，他悲喜万分地问道："你怎么复活了？"紫玉跪下说："从前韩重来提亲，父王不允许，以致我的名声败坏，愁闷抑郁而死。韩重从远地回来，听说我已经去世了，就带着祭祀的牲畜物品到墓地去吊唁。我被他那至死不渝的深挚情义所感动，就和他见了面，还送给了他一颗明珠。他没有掘墓盗物，还望父王不要再追究此事了。"吴王的夫人听到紫玉说话，赶过来想拥抱她，紫玉却像烟一样消失了。

紫玉与韩重的悲剧起于古代的婚姻制度，他们死生不渝的爱情反映了青年男女追求自由幸福的强烈渴望。

一只泄密的绣花鞋

李仲文女

晋朝武都郡太守李仲文在任职期间死了女儿，女儿当时才十八岁，埋葬在郡城的北门外。不久，有一个叫张世之的人接替了李仲文的职位。张世之的儿子字子长，年纪二十岁，在官府中侍奉父亲。

有一天张子长梦见一个女子，年纪大约十七八岁，长得非常美丽。女子说：“我是前任太守的女儿，不幸早夭，适逢今日有幸起死回生。我打心底喜爱你，因此前来依随在你身旁。”接连五六个夜晚，张子长都做着同样的梦。直到有一天，女子忽然在白昼时到来，衣服飘香，异常漂亮。于是两人结为夫妻，同房共寝之后，衣服沾有血污，就像新婚的姑娘一样。

后来，李仲文派婢女去看望女儿的坟墓，并顺便拜候张世之的妻子。婢女到了官府，赫然看见自家小姐的一只鞋子放在张子长的床下。她拿起鞋子哭喊着张子长盗墓。婢女拿鞋子给李仲文看，李仲文很是惊讶，派人去责问张世之：“你儿子从哪里得到我死去女儿的鞋子？”张世之把张子长招来质问，张子长只好原原本本地讲述事情的经过。李仲文与张世之都认为这件事太怪异了，于是他们派人把棺材打开来查验，只见李仲文女儿的姿态容颜和生前一样，右脚穿着鞋子，左脚的鞋子却不见了。

隔天夜里，张子长梦见女子前来对他泣诉："我们夫妻的感情可说是非常和谐的，以至于忘掉了鞋子，致使事情败露。如今我已经不能复活了，肌肉开始腐烂，再也不能生长。我们人鬼殊途，在此和你永别了。"接着便痛哭流涕地告别而去。

故事反映了古代无法自由婚恋的可悲，秘密进行尚能贪欢一时，一旦泄露等同于此生缘尽，了结多少段见不得光的爱情。

鬼妻：三年养成计划

谈生

谈生已经四十岁了，还没有娶妻。有一天半夜，一名年约十五六岁的姑娘，姿态容貌和穿着打扮都非常漂亮，她来找谈生要和他做夫妻。她说："我跟一般人不一样，不要用火光照我。三年之后，才可以照。"他们结为夫妻后，生了一个儿子，已经有两岁了。

但是谈生再也忍耐不住，趁妻子睡着以后，偷偷地点灯来照看她。发现她的腰部以上像常人一样长着肉，腰部以下只有骨架。妻子被惊醒后对谈生说："你辜负了我！我快要复生了，为什么就不能再等一年，而偏要用火来照我呢？"

谈生向她赔礼道歉，眼泪不住地流。妻子说："我们夫妻虽然将要永远分离，但我舍不得我的儿子。你是一个穷得连自己都养不活的人，请你暂且随我去，我有东西送给你。”谈生跟着妻子走进一座华丽的厅堂，房屋的建筑和屋内的陈设都不同一般。妻子把一件镶珠的袍子给谈生，说：“你可以用这来维持自己的生活。”说完就剪下一块谈生的衣襟，让谈生离开了。

后来谈生拿着珠袍到集市上卖，睢阳王府的人把它买了下来，谈生得到了上千万的钱财。睢阳王认出这件珠袍，说：“这是我女儿的袍子，一定是有人掘了我女儿的坟墓。”于是把谈生找来加以审问，谈生便说出全部实情，但睢阳王仍然不信，就去察看女儿的坟墓。

坟墓和原先一样完好无损。开棺再看，在棺盖下边找到了一块谈生的衣襟。睢阳王又把谈生的儿子叫来，发现这孩子的相貌果真与自己的女儿相似，这才相信此事。睢阳王把珠袍还给谈生，并认他作女婿。后来睢阳王向皇帝上表，请求让谈生的儿子担任侍中的官职。

如何洞房？怎么长肉？为什么是三年？这些都不是重点，女鬼的有情有义才是焦点。

你的新娘子，兄弟我负责！

马仲叔

马仲叔、王志都两个人都来自辽东，交情非常深厚。马仲叔先死，死后一年，忽然显灵，对王志都说："我不幸先死，心中时常惦记你。想到你还没有妻子，应该帮助你娶亲，预计在十一月二十日送人到你家，你只需要把房屋打扫干净，把床铺好，等待妻子到来就行了。"

到了当天，王志都扫地铺床，天忽然刮起大风，大白天变得天昏地暗。傍晚风停了，王志都的卧房中忽然有红色床帐自动张挂起来，掀开帐子朝里看，有一位姑娘，美貌盛装，躺在床上，她鼻子里仅有一点微弱的气息。

屋里屋外的人又惊又怕，没有一个敢靠近她，只有王志都能够走到她面前。不一会儿这姑娘就醒过来，坐起身。王志都问："你是谁？"姑娘说："我是河南人，我父亲是清河郡的太守，我正要出嫁的时候，不知是什么原因，一下子来到了这里。"王志都向她详细地叙说了事情的经过。姑娘说："这是老天爷让我做你的妻子。"两人便结成了夫妇。

他们婚后来到姑娘家中，姑娘家里很喜欢，也认为这是天赐的姻缘，就正式把女儿许配给了王志都。他俩生下一个男孩，后来做了南郡太守。

好兄弟死后果然是好兄弟，两肋插刀，义气相挺，知道你还没娶老婆，帮你挑好选好，还快递到家。

卢充

卢充是范阳人，他家西边三十里外有一座崔少府的坟墓。卢充二十岁时，在冬至的前一天出门到西边去打猎。他看见了一头獐子，举弓就射，正好射中。獐子倒下后又站起来逃跑，卢充随即追赶，不知道追了多远的路。他忽然发现路北一里多的地方有一座高门大户，四周都是青砖瓦屋，像是官府的房舍。

这时，他再也看不见獐子了。只听到门里有一个侍卫高声喊："客人到。"卢充问："这是什么人的府第？"回答说："这是少府的府第。"卢充说："我衣裳破旧，怎能见少府？"立即有一个人提了一包新衣裳来，说："少府把这些送给公子。"卢充随即穿了衣裳，进去拜见少府，并自报了姓名。

少府设宴接待卢充，上过几道酒菜后，对卢充说：“令尊不认为我家门第低微，近来收到他的书信，说是要我的女儿和你成婚，所以把你请到这里来。”说着就把书信拿出来给卢充看。父亲去世的时候，卢充虽然还小，然而已经能辨认父亲的手迹了。因此，看信之后他只感慨叹息了一番，也不再推辞这件事。少府立即吩咐里面：“卢公子已经来了，快让小姐好好地梳妆打扮。”并且对卢充说：“你可以到东廊里去等一等。”

到了黄昏的时候，里面说：“小姐已经梳妆打扮好了。”卢充来到东廊时，小姐已经下车，站在座位前。他们一起拜了婚礼。新婚三天，大宴宾客。三天后，崔少府对卢充说：“你可以回去了。我女儿像是怀孕了，如果是生的男孩，那就一定把他送还给你，你不要担心；如果生了女孩，我就留下来把她养大。”于是，崔少府吩咐外面准备车子送客。卢充辞别出来。崔少府把他送到中门，拉着他的手痛哭流涕。

卢充出了门，看见一辆牛车，驾车的是一个奴仆。他还看见原来穿的衣裳和弓箭仍旧在门外。没有多久，崔少府派出一个人来，提着一包衣裳，告诉卢充说：“刚刚成亲就要离别，这是很伤心的，现在再送你一套衣裳、一副被褥。”卢充上了车，车子闪电般地飞快离去，一会儿就到了家。家里人见了他又悲又喜。家里人仔细追问，这才知道崔少府是个已经死了的人，而卢充竟进了他的坟墓，回想起来，真是又懊丧又害怕。

分别后的第四年，三月三日上巳节，卢充在水边游玩，忽然看见靠近岸边的水里有两辆牛车，忽然沉下又忽然浮起，接着就靠近了堤岸，同卢充坐在一起的人都看见了。卢充去打开车的后门，看见崔少府的女儿和一个三岁的男孩一起坐在里面。卢充看见他们心里一喜，想要拉住她的手。崔少府的女儿举手指着后面的那辆牛车说：“我父亲要见你。”卢充立即前去拜见了崔少府，又转去问候崔少府的女儿。她抱起儿子还给卢充，又给了卢充一个金碗，并赠诗一首说：

那明丽的灵芝般的资质，光彩照人多么灿烂华美。
当鲜艳的姿容显露之时，众口称赞都说卓异神奇。
谁料含苞鲜花未及怒放，盛夏时却遭受霜打枯萎。
绚丽荣耀长久埋没殒灭，人间世路永远断绝隔离。
没悟透阴间人世的命运，才智非凡的人飘然而至。
相会短暂而离别又太急速，这命运全由那上天的神祇。
我拿什么赠送给我的亲人？这金碗可养孩儿长大成器。
我们恩爱夫妻从此永分别，真叫人寸寸断肠摧裂肝脾。

卢充抱了儿子，接过碗和诗，忽然就看不见那两辆车子了。卢充带着儿子回家，在座的人都说这孩子是鬼魅，大家离得远远地向他吐唾沫，但他的形体依然如初。问他：“谁是你的父亲？”他就一下子扑到卢充怀里。起初，大家都感到奇怪，很厌恶他，等到传看了那首诗以后，又都慨叹阴间和人世之间的这种玄妙相通。

后来，卢充乘车到集市上去卖那只金碗。他故意抬高碗的价格，不打算很快卖出去，希望有认识那个金碗的人。忽然，有一个年老的女仆认出了金碗，回去告诉女主人说：“我在集市上看见一个人乘着车，卖崔家小姐坟墓中的金碗。”女主人就是崔家小姐的亲姨妈。她叫儿子到集市上去看，果然跟那个女仆所说的一样。

女主人的儿子登上卢充的车，报上了自己的姓名。然后，他对卢充说：“从前，我姨妈嫁给了崔少府，生了个女儿，没有出嫁就死了。我母亲很可怜她，送了她一个金碗，放在她的棺材里。请你讲一下得到这个金碗的具体经过。”卢充把得到金碗的具体经过告诉了他。他也为此事悲伤哭泣。于是，他带着金碗回去并把这件事告诉了母亲。母亲立即让人到卢充家去，把小孩接来看看。亲戚们也都来了。

小孩有崔家人的模样，又很像卢充的容貌。小孩和金碗都验证了，女主人说："我外甥是三月末出生的。她父亲说：'春天是温暖的，希望她吉祥强健。'就这样，起了个名字叫温休。"卢充的儿子后来成了杰出的人才，官做到了郡守，有二千石俸禄。子孙都做了官，世代相传一直到现在。他的后代卢植，字子干，更是天下闻名。

最强冥婚，缘分注定，不但直接送入洞房、生儿育女，最后子孙还可以当官发财、万世流芳，鬼妻实在威力无穷。

恐怖！失踪少女变成狸猫！

吕思

国步山下有一座供行人住宿的驿亭，吕思与他年轻的妻子前往投宿，但一眨眼妻子却突然不见了。吕思在山里不断寻找，突然看见了一座高大的城郭，城里有官府办公的厅堂，一个人戴着纱帽，倚着小桌子坐在厅堂里。

这人两边有许多侍者，这些侍者纷纷向前要殴打吕思，吕思用刀乱砍，杀死一百多人，剩下的才纷纷逃走，方才被杀的人则全都变成了死猫。再瞧这厅堂，原来是一座古代的大坟墓，坟墓的上方是通的，底下很明亮。

这时吕思看见一群藏在墓里的姑娘，又看见失去知觉的妻子。他把妻子抱出墓道口，又进去把里面的姑娘们一一抱了出来。姑娘一共有几十个，其中有全身已经长毛的，也有脚上长毛而脸变成狸猫的。

不久天亮了，吕思扶着妻子回到驿亭内，亭长向吕思问起这件事，吕思据实以告。这一带先后丢失女儿的人很多，贴出的寻人启事就有几十张，官吏把这些启事收集起来，到墓道口迎接这群妇女，他们按照这些妇女家住的远近前去报信，各家得信后都来这里接人。

喜的是失踪少女一一寻回，忧的是少女变成半人半猫，永久的 Cosplay。

细腰

魏郡的张奋，家里非常富有，后来突然衰落，便把住宅卖给了黎阳人程应。程家人搬进去居住，死的病的连续不断，就把房子转卖给了邺县人何文。

何文听说屋里不吉利，就在天刚黑的时候，拿着刀爬到北边厅堂的中梁上坐着等待。到了三更时分，他突然看见一个人，身长一丈有余，戴着高帽穿着黄衣，一上厅堂就大声问：“细腰！屋里怎么有活人的气味？”细腰回答说：“没有啊。”过了一会儿，有一个戴高帽穿青衣的人来到；接着，又有一个戴高帽穿白衣的人来到，都与刚才黄衣人与细腰一样问答。

等到天快亮的时候，何文便从梁上下来站在堂屋当中，按照先前听到的方法向细腰问道：“穿黄衣的是谁？”细腰说：“那是黄金，藏在厅堂西面的墙壁下。”何文又问：“穿青衣的是谁？”细腰说：“那是铜钱，藏在厅堂前面的水井旁边五步远的地方。”何文再问：“穿白衣的是谁？”细腰说：“是白银，藏在墙壁东北角的柱子下。”最后问：“你是谁？”回答说：“我是棒槌，在炉灶下边。”到了天亮，何文挖出这些东西，得到黄金白银各五百斤，铜钱一千万贯。于是把棒槌找出来烧掉，从此这所住宅便清静安宁了。

钱多了，不只男人会作怪，钱本身也会作怪，值得贪财的人深思。

白天当书生，晚上兼差道士？

安阳亭伏魔

安阳城南有一座供来往旅客住宿的驿亭，可是晚上却不能住人，否则就会出现住客被杀的事情。有一天，一位谙熟术数的书生路过时要求在里面住宿。管理驿亭的人说："现在这里不能住，先后在这里住过的人，没有一个能活着出来的。"书生说："请不要担心，我自有办法。"于是他住进了房间，端端正正地坐着读起书来，很晚才休息。

半夜以后，有一个人穿着黑色单衣，在门外走来走去，呼喊亭主。那人问："现在屋里有人吗？"亭主回答说："不久前有一个书生在这里读书。刚刚休息，似乎还没有睡觉。"于是那人唉声叹气地走了。过了一会儿，又来了一个人，戴着红色的头巾，呼喊亭主。他们一问一答，和前面的一样。来人又是唉声叹气地走了。

之后寂静了好一阵子，书生知道没有人再来了，立即起来到刚才呼喊的地方，模仿着来人呼喊亭主。书生问："屋里有人吗？"亭主回答像前面一样。接着，书生就问："刚才穿着黑衣裳来的人是谁？"回答说："是北边房舍里的母猪。"又问："戴着红色头巾来的人是谁？"回答说："是西边房舍里的老公鸡。"最后，书生问亭主："你又是谁呢？"回答说："我是老蝎子。"于是，书生偷偷换了一个地方，一直读书到天亮，不敢入睡。

天亮了，管理驿亭的人前来查看，吃惊地说：“你怎么能够活下来？”书生说：“赶快找铁锹来，我替你们捉拿妖怪。”于是，挖掘昨夜亭主应答的地方，捉到一只老蝎子，有琵琶那样大，毒尾有几尺长；又在西边房舍捉住了老公鸡，在北边房舍捉住了老母猪。杀掉这三个怪物后，这座驿亭再也没有发生过妖灾横祸了。

书生冷静胆大，怪物有问必答，集宁采臣与燕赤霞于一身，此案一夜侦破。

从嘴里吐出一个妻子

外国道人

太元十二年，有一个来自外国的道人能够吞刀吐火，还能吐出珠玉和金银。他自称所拜的师父是俗家人而非和尚。在一次赶路的途中，他看见有一个人挑着担子走来，担子上有个小笼子，可以容纳一升多东西，于是对担夫说："我走得疲乏极了，想寄附在你的担子上。"

担夫觉得非常奇怪，心想这人可能是疯子，便对他说："当然可以这样，可是，你要在什么地方安身呢？"道人回答说："你如果允许，我正想到你这笼子里去。"担夫更加惊讶，说："你能进入笼子，便是神仙了。"于是他放下担子，道人就进到笼子里，那笼子刚好能装下他。奇怪的是，笼子不显得大，人不显得小，挑起担子来也不觉得比原先重。

走了几十里路之后，担夫在树下歇息吃东西，他邀请道人一同进餐，道人说："我自有东西吃。"留在笼中，不肯出来。只见笼中摆出很多杯盘碗盏，菜饭很丰盛并且都已经熟了，道人还请挑担人来吃。还没吃到一半，道人对挑担人说："我要和妻子一道吃。"马上又从口中吐出一个妇人，年纪大约二十来岁，衣服和容貌都很美丽，两人便一起吃饭。快要吃完的时候，妇人的丈夫就躺下睡了。

妇人对担夫说："我有一个情夫，要来与我一起吃饭；我丈夫醒来以后，请你不要告诉他。"说完，她就从口中吐出一个年轻的男子，两人一起吃喝。笼子里这时就有三个人，宽窄也刚刚合适，与一人在笼中没有两样。过了一会儿，道人动起来，貌似要苏醒了，妇人就把情夫吞进了口中。道人醒来后对担夫说："可以走了。"说完，就把妇人吞进口内，再把饮食器皿吞了下去。

道人到了城里以后，听说有一户人家有数以亿万计的钱财，非常富有，但主人生性吝啬，不肯为别人做一点好事。道人对担夫说：“我把这守财奴的钱罐打破给你看看。”于是他来到了富人家中。这家有一匹好马，富人非常珍爱，马原本系在柱子下，忽然间就不见了。家里的人到处寻找，却不知道马在什么地方。

隔天发现马在一个五斗大的坛子里，但始终不能把坛子打破，也不知有什么别的办法能把马弄出来。道人便去对富人说：“你做出给一百个人吃的饭，用来接济这一带缺少衣食的人，马就能够出来了。”主人只好做饭，饭一做好，马就回到柱子下了。

在隔天的早晨，富人的老父母本来在厅堂里，突然又不见了。全家人又惊又怕，不知道他们到哪里去了。打开梳妆盒，忽然看见两位老人家被装在盛化妆液的小壶中，谁也不知道该怎么放他们出来。富人又去请求道人帮忙，道人说：“你再做一千个人吃的饮食，送给没饭吃的老百姓，你的父母才能够出来。”富人做完饭，他的父母已经坐在床榻上了。

文中的道人能变大变小，肚子空间媲美百宝袋，更能济弱扶贫，根本是古典版的哆啦 A 梦。

有龙之泉，风雨自生

龙泉精舍

晋代浔阳郡的庐山西面有一座龙泉精舍，是由慧远和尚建立的。据说，慧远刚到南方的时候，特别喜爱庐山的美好，想在这里修建寺庙，但不知道该把方位定在哪里。他派徒弟们沿山察看，大伙走累了便会集到现在的庙址休息。

当时，和尚们都感到口渴，他们一起祈祷说："假若这里适合建庙，希望天神显灵，让地下马上出现一泓清泉。"说完就用手杖挖地，清冽的泉水立即喷涌而出。他们把泉水蓄作池塘，在池塘后面修建起寺庙。

有一年天下大旱，慧远率领众僧念海龙王经，为老百姓求雨。经文还没念完，泉眼便冒出一个形状像一条大蛇的生物，冲向高空飞走了。一时之间，四面八方普降大雨，山上山下都受到甘露的滋润。因为泉里有龙，所以这座寺庙便被称为"龙泉精舍"。

"山不在高，有仙则名；水不在深，有龙则灵"，龙泉精舍可以说两者皆具备，才会有今日的盛名。

邛都大蛇

邛都县里，有一个老太婆孤苦零丁，县里的人都嫌弃她。老太婆每次吃东西的时候，总有一条头上长着角的小蛇出现在床下，老太婆出于怜悯而给它东西吃。后来这条小蛇逐渐长大，竟有一丈多长。

大蛇后来吞了县官的一匹骏马，县官因此大发雷霆，责令老太婆把蛇交出来。老太婆说："蛇在床下。"县官立即派人挖掘，越挖越深洞越大，结果什么也没有看到。县官迁怒，竟杀死了老太婆。大蛇暗自发誓："凶狠残暴的县官，为什么杀害我母亲？我一定要为母亲报仇！"

此后四十多天，每天夜里居民们总是听到既像雷声又像风声的声音。一日老百姓见面时，都吃惊地互相问说："你头上怎么忽然长出鱼来了？"当天晚上，周围四十里地与县城同时下陷，成了一个湖，唯有老太婆的房子安然无恙，而县官居民全部失踪。

后来迁至岸边的人把这湖叫作“陷湖”，渔民们采集捕捞，依傍着老太婆的房子停泊住宿，每逢风浪兴起，总会停靠在房子旁边，因为只有这里无风无浪，没有任何危险。当风平浪静、水清如镜的时候，还能看见湖水之下城郭楼台的清晰轮廓。

灵蛇复仇，地陷成湖，即便是地理传说也反映了官吏无仁的一面。

不怕被雷劈死，只要正义昭彰

章苟

吴兴郡有一个叫章苟的人，五月间在田里耕种，把准备好的晚饭放在菰叶下，每到晚上拿出来吃的时候，饭却不见了。像这样的事已不是一次了。后来，他暗暗地侦察，发现一条大蛇偷吃菰叶下的饭食。

章苟就用锄头砍击大蛇，大蛇迅速逃跑。章苟在后面紧紧追赶，追到一个山坡，上面有个洞穴，大蛇就逃进洞穴里去了。只听到啼哭的声音说："他砍伤了我。"接着又听到说："该怎么办呢？"又一个声音回答说："交给雷神，让他劈死那个家伙。"不一会儿，天昏地暗，浓云暴雨滚滚而来，笼罩在章苟的上空。

章苟忍不住跳起脚来大骂："臭雷神！我贫困穷苦，全力以赴辛勤耕作！大蛇来偷吃我的饮食，罪过应当在大蛇，为什么反而来轰击我呢？真是愚蠢无知！你如果来了，我一定要用锄头砍破你的肚子。"不一会儿，云雨渐渐地散开了，雷神转调雷电向蛇洞轰击。结果，被轰击而死的蛇有几十条。

吼神的魄力不是人人有，章苟实在非常勇猛，勇的是砍蛇追蛇，猛在据理力争。而落井下石的蛇，果然恶有恶报，时候立刻就到。

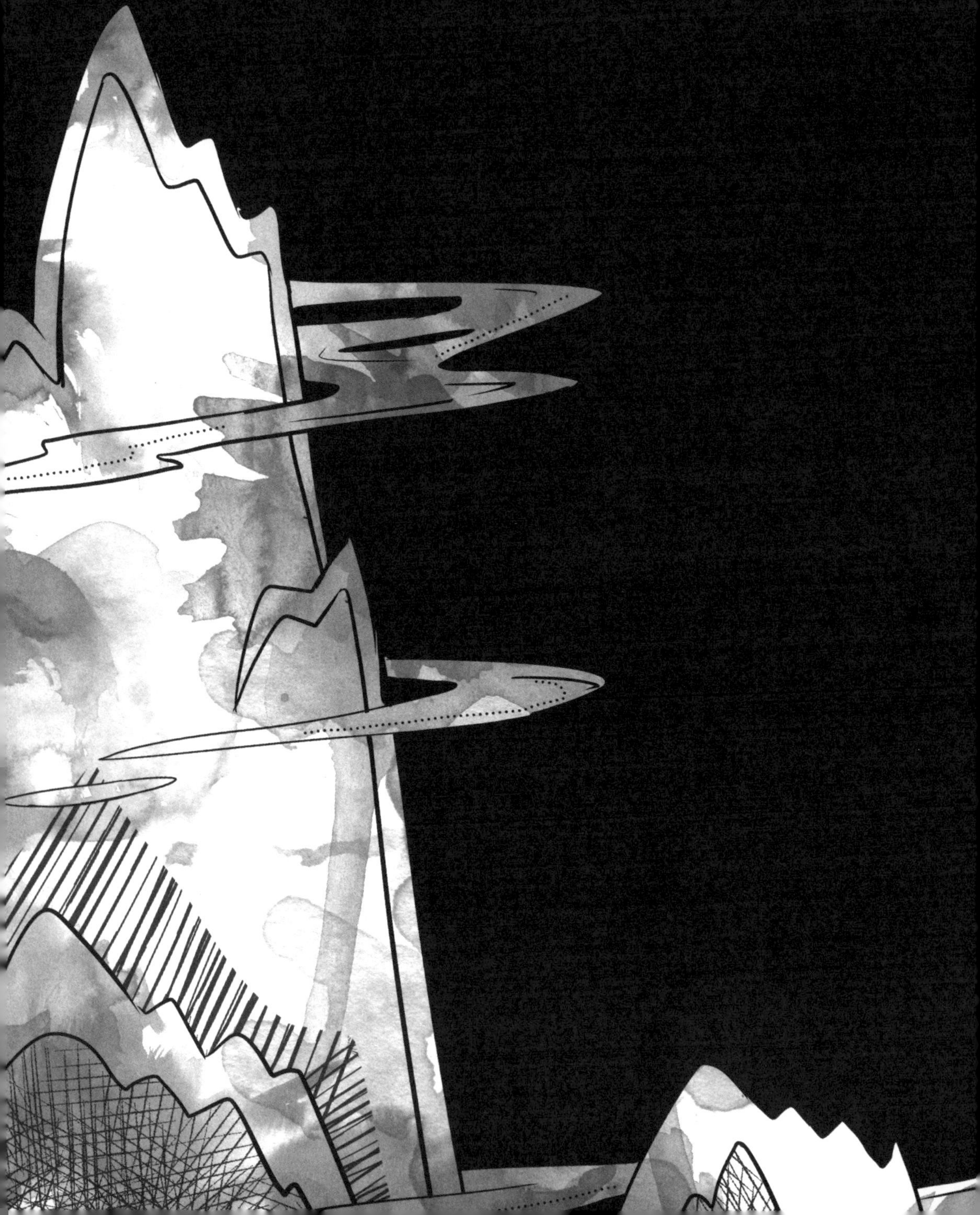

大蛇：侯爷，请收下我的夜明珠

隋侯珠

隋县溠水河边，有一个“断蛇丘”。相传有一次，隋侯外出游玩，看见一条大蛇受了重伤，从中间断开了。隋侯差人用药把大蛇的伤口封合起来，蛇就能够行走了。因此人们把这个地方叫作“断蛇丘”。

过了一年多，这条大蛇衔了一颗明珠送给隋侯。这颗明珠直径有一寸多，通体纯白，夜晚会发出亮光，好像月亮照耀一般，能够用来照亮房间，被称为“隋侯珠”，也叫“灵蛇珠”，又叫“明月珠”。

大蛇衔明珠馈赠，白素贞化身美人相许，结论是：见蛇就救。

见怪不怪，其怪自败

怪鼠

正始年间，中山人王周南担任襄邑县县官。有一只老鼠穿着红衣、戴着帽子从洞里出来，在厅堂上对王周南说："周南，你某月某日会死。"王周南不搭理它，老鼠便回到了洞中。

后来到了所说的日期，这只老鼠又出来对周南说："周南，你正午会死。"王周南仍然不理睬，老鼠只好垂头丧气地回到洞中。过了一会儿，老鼠跑出来威胁说："太阳就要当顶了！"老鼠进去又出来，出来又进去，来回跑了多次，说的话也与先前相同。

等到太阳在天空正中时，老鼠说："周南，你不理我，我还有什么好说的呢？"说完老鼠就倒在地上死去，而它戴的帽子和穿的衣服也立即消失。王周南让士兵捡起尸体一看，发现与平常老鼠并无二致。

心中有鬼，见什么都是鬼；心中空白，看什么都空白，这种不理不睬的"无视"是最大的杀手锏，因为在这样的"无视"中，包含着不被吓倒、不受迷惑、不屑一顾的镇定与自信。

董昭之

东吴时，富阳县的董昭之有一次乘船过钱塘江，在江心看见一只蚂蚁爬在一根短芦草上，两头来回奔驰，非常恐慌。董昭之想把蚂蚁捞起来放在船上。船上的人骂了起来："这是会蜇人的毒物，不能搭救它，要踩死它。"董昭之怜惜这只蚂蚁，就用绳子把芦苇拴了上来放在船上。等船靠岸，蚂蚁也就脱离了险境。

当天夜里，董昭之梦见一个人穿着黑色衣服，率领一百多随从前来感谢他说："我是蚁王，不小心掉进了江里，感激你救活了我。先生今后如果有急难，可以告诉我。"

过了十多年，董家附近发生了抢劫案，董昭之被冤枉成抢劫首犯，被关押在余杭县的监狱里。董昭之忽然想起来："蚁王曾给我托梦，有了急难应当告诉它。现在我到哪里去告诉它呢？"正在烦恼之际，一起被囚禁的人问他，董昭之就把事情始末如实相告。那人说："只要拿两三只蚂蚁放在手掌中，告诉它们就行了。"董昭之按照那人说的去做。

夜里，他梦见蚁王说："要赶快投奔到余杭山里去，天下已经大乱，但不久赦免的命令就会下来了。"董昭之醒了过来，发现蚂蚁已经把刑具咬断了。他赶紧逃出监狱，投奔余杭山去了。不久之后，果真碰上大赦，董昭之就这样避免了灾祸。

董昭之的一念之仁，换来他的善终。好事多做，怎么知道帮助过的人将来不会飞黄腾达呢？

中国版忠犬八公

杨生狗

东晋废帝太和年间，广陵郡人杨生养了一条狗。他非常喜欢这条狗，和它形影不离。有次杨生喝醉酒，走到一个大沼泽地的草丛中，醉倒在地上。当时正值冬月，火烧原野，风势非常猛烈。狗急得不停吠叫，但是杨生仍然沉醉不醒。正好前面有一坑水洼，狗就泡进水里，又跑回来，把身上的水洒在杨生周围的草上。这样来回跑了多次，把杨生周围一步远距离内的草都打湿了，因此火烧来时杨生才没有被烧死。杨生酒醒之后，才知道刚才发生的事情。

又有一次，杨生因为夜晚走路，掉进了枯井里，这条狗呻吟了一整夜。天亮后，有人路过那里，看到这条狗向井里号叫，感到很奇怪，走近一看，才发现受困的杨生。杨生说：“你如果能救我出去，我一定要重重地报答你。”路人说：“把这条狗送给我，就一定救你出来。”杨生说：“这条狗曾经从死亡中救了我的命，实在不能送给你。除此之外，任何东西我都毫不吝惜。”路人说：“如果是这样，就不救你出来。”这时，狗低下头望着杨生。杨生领会了狗的意思，就对路人说：“把狗送给你。”路人立即救出了杨生，带着狗走了。五天后，这条狗自己跑了回来。

相对狗的忠诚无私，人的不义私心，连狗也不如。

有着飞毛腿的狗邮差

黄耳

陆机家在吴郡是豪门大族，他年轻的时候很喜欢游览射猎，门客曾献给他一只能跑得很快的狗，名叫“黄耳”。陆机后来到洛阳做官，经常随身带着它。黄耳很机灵，能听懂人说的话。陆机曾经把它借给别人带到三百里以外的地方，结果黄耳认识道路，自己跑了回来，只用一天时间便到了家中。

陆机寄居在京城，很长时间没有得到家中的音讯，就开玩笑地对狗说：“我家中断了来信，你能够带着我的书信跑回去取消息吗？”黄耳欢喜地摇动尾巴，叫着答应。陆机抱着试试看的心情写好书信，装在竹筒里，再把竹筒系在黄耳的颈子上。

黄耳从传送公文的大路出发，向吴郡飞快地奔跑，饿了就到草丛中抓一些小动物吃。每遇到大河时，就挨近摆渡人的身边贴耳摇尾，摆渡人喜爱它，就叫它上船。船刚刚靠拢对岸，黄耳便立即跳了上去，像飞一样疾速跑掉。

黄耳一跑到陆机家中，就口衔竹筒向家中人示意。陆机的家人打开竹筒取出书信，看完，黄耳又对着人叫唤，好像有什么请求。家人写了回信，把信放进竹筒里，把竹筒重新系在黄耳的颈子上。黄耳得到回信后，照原路奔回洛阳。计算从洛阳到吴郡的路程，人走一趟得五十天，而黄耳来回仅仅用了半个月。

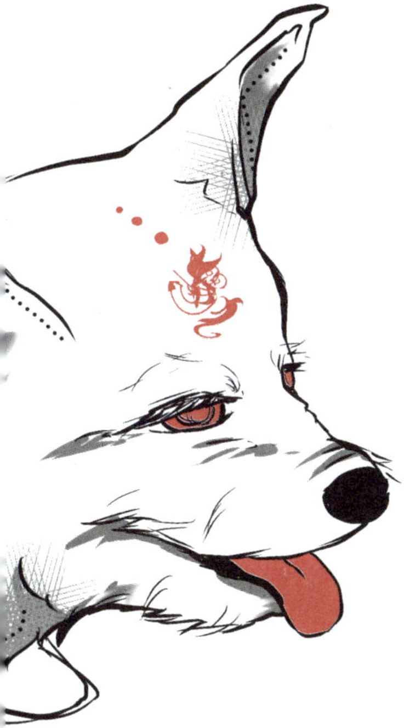

后来黄耳死了，陆机用衣服棺木装殓了它，并派人送回原籍，埋在陆机所住村庄的南面，把土堆得很高做成坟墓。这坟墓离陆机家仅两百步远，村里人称为“黄耳冢”。

宛若《哈利·波特》里的猫头鹰，黄耳的灵性、忠诚和速度，已是难以解释的一则通讯界传奇。

真话害死一只鸟

八哥

东晋司空桓豁镇守荆州时，他的衙门中有一个参军剪掉了一只八哥的舌尖，并训练它说人话。这八哥渐渐学会了人话，还可以与人交谈。八哥见参军的琵琶弹得好，就常常站着倾听。八哥还善于模仿别人的声音和用语。有一次，桓豁召集许多下属官员聚会，让八哥学在座的人说话，八哥仿效得惟妙惟肖。有个人鼻塞，说话很难学像，八哥就把头钻进坛子里说话，声音也一模一样。

桓豁家里的管事人当着八哥的面偷东西，八哥偷偷地向参军告发管事人偷了些什么东西，参军当时记在心中而没有发作。后来管事人再次偷牛肉，八哥又来报告，参军说："你说他偷肉，应该拿出证据来。"八哥说："他用新鲜的荷叶包着牛肉放在屏风后边。"参军一看，果然找到了牛肉，于是狠狠地处罚了管事人。

管事人痛恨八哥，便用开水把它灌死。参军为八哥的死伤心了好多天，便请求杀掉这个人，借以报仇。桓豁开导参军说："想到杀死八哥的仇恨，确实觉得应该将这人处死，但是不能因为一只鸟的缘故，就对他用极刑。"遂下令让杀死八哥的人服了五年徒刑。

八哥学会人话，但没学会人性，说了真话，惹上杀身之祸。

卷三·

奇人异士

看医杀狗救人

华佗

沛国名医华佗，字符化，又名敷。琅琊人刘勋任河内太守，他有个女儿年近二十，她的左膝盖里长了一个疮，很痒，但不痛。这疮治好后，过了几十天又复发。就这样反反复复已有七八年了。

刘勋请来华佗为女儿治疗，华佗说："这个疮容易治好。"然后叫人准备一条稻糠色的黄狗、两匹好马，他用绳子拴住狗的颈子，让奔驰的马牵着狗跑，一匹马跑不动了，就立即换另一匹马跑。

马大约奔跑了三十多里，狗就走不动了。华佗又叫人把狗拖走，走了将近五十里。这时，华佗给刘勋的女儿喝药。服药后，她立即安静地熟睡过去，不省人事。于是，华佗拿起大刀，割断了黄狗靠近后腿前面的腹部。他把割断的狗腹正对着疮口，放在离疮口两三寸远的地方。一会儿，就有一条像蛇的东西从疮里钻出来，华佗立即用铁锥横插进蛇头。怪蛇在皮肤里面挣扎了很长一段时间，等它不动之后才把它拉出来，长度约有三尺多，确实是条蛇，不过只有眼眶，没有眼珠子，还倒长着鳞片。最后，华佗把药敷在疮口上，过了七天就治好了。

华佗医术高超，已入化境，不由得让他的行医过程多了些怪力乱神的想象。看来华佗不仅可以治病医人，抓蛇杀狗的技术也是一绝。

舌耕——比笔耕更厉害的读书法

贾逵

贾逵五岁的时候，聪明才智胜过一般的人。他姐姐是韩瑶的妻子，嫁给韩瑶后没有生孩子，所以回到娘家居住，因为贞洁贤明而受人们称道。她听见邻居有人天天大声读书，就早晚抱着贾逵隔着篱笆去听。贾逵一声不响专心听着，姐姐心里十分高兴。

到了十岁的时候，贾逵就能熟背六部儒家经典了。姐姐问他："我们家很穷，从来没有教书先生进门，你怎么知道天下有这些古籍并且能背得一句不漏呢？"贾逵说："记得从前你抱着我在篱笆旁听邻居读书，直到现在，我全部都记得，连万分之一的错漏也不会有。"于是贾逵把院子里的桑树皮剥下来当纸，或者把字写在门板或墙壁上，一边朗读一边记忆。过了一年，贾逵弄通了所有的经文。常常有一些人到他的家乡来看他，都说自古以来没有人可和他相比。

他的学生前来学习，往往跋涉万里也不觉得远，有的甚至背着儿子或孙子，住在他家附近求教。贾逵把六经一一口授给他们。学生们送给贾逵的粮食堆满了他家的粮仓。有人说："贾逵的粮食，不是用力气耕田得来的，他读经书读得口干舌燥，正如世人所说的那样，他是靠舌头来耕种的。"

文人口头教授称为舌耕，从事文字工作称为笔耕，无论文字、话语，都如同耕田种地一样，皆可有所收获。

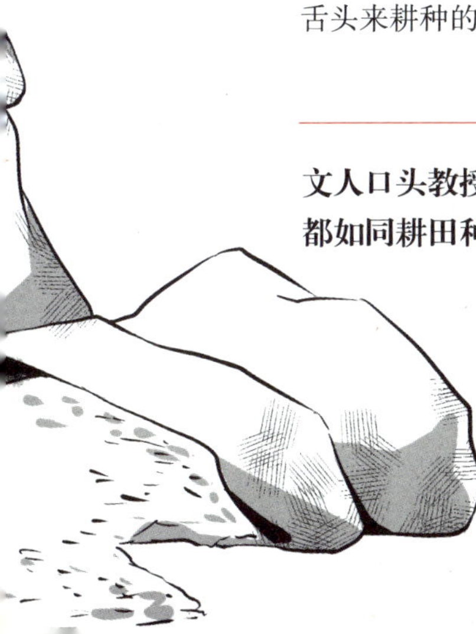

赵夫人

吴主孙权的夫人姓赵，是丞相赵达的妹妹。她擅长绘画，画成的作品精巧美妙，冠绝一时。她能用手把彩色丝线织成具有云霞和龙蛇图案的丝织品，大的有一尺多长，小的才一寸见方，王宫里的人把它称为“织机上的绝品”。

当时孙权经常叹息魏、蜀两国没被平定，每到战争空隙，总想要找到一个会画画的人把山河的形貌和军队的阵势画出来。赵达这时便把自己的妹妹献给了孙权。孙权令赵夫人绘制天下江湖山岳的图形，她回答说：“颜料的色彩很容易褪掉，不能够长期保存。我会刺绣，可以把各国都绣在正方形的绸缎上面，还可以绣出五岳、河海、城镇和军队阵势的图形。”绣成之后，她便把锦图献给了孙权，被当时的人称为“针尖上的绝品”。即使刺尖雕成的木猴、鲁班制造的云梯、墨子设计的木鸢这些奇巧之物，也都比不上这幅华丽的刺绣。

孙权住在昭阳宫，天气热得睡不着，便把紫色丝帐撩了起来。赵夫人说：“这样的帐子并不珍贵。”孙权要她进一步说明，她说：“我想做到让帐子放下来而凉风仍然能够进到里面去，使帐里的人看帐外没有障碍，使在床边侍候的人在幔帐的飘拂中感到凉爽，像乘风飞行一样。”孙权为这种想法叫好。于是赵夫人把发丝分成细缕，用神胶粘连起来——这种神胶出产于郁夷国，可以用它粘接被拉断的弓弩弦，哪怕断头再多也能接上。接着再把这些长丝织成轻纱，花了几个月才织好，然后才将轻纱裁成幔帐。幔帐一挂起来便随风飘摇，像袅袅轻烟，房间里有了它顿时凉爽无比。那时孙权经常要行军打仗，总是把这床帐子带在身边，当作军用帷幕。这床帐子张开以后长宽各有一丈，卷起来可以塞进枕头之中，当时的人称它为“丝线中的绝品”。

这样一来，吴国便有了三样绝品，普天之下再也没有什么东西可以与它们的巧妙相比。后来有人向孙权献媚取宠，说赵夫人迷惑君王，炫耀自己，赵夫人因此遭到贬斥。赵夫人虽然遭到猜疑和废黜，但她制作的工艺品仍然保存在吴国。吴国灭亡后，“三绝”也不知所踪。

古代女子的女红，往往就是她的事业，如此而言，赵夫人堪比现代的女强人。

我的排场，凡人无法挡

薛灵芸

魏文帝宠爱的美人叫薛灵芸，原是常山郡人。她的父亲叫薛邺，担任鄮乡亭长。她的母亲陈氏，跟随薛邺居住在鄮乡的乡亭旁边。薛家家境贫困，地位低贱，每到夜间，邻家妇女常常聚集到他们家中织麻布，只能烧麻蒿照明。薛灵芸长到十五岁，容貌美得世上无人可比。邻近的青少年会在夜间跑来，想偷看她，但始终没能看到。

咸熙元年，谷习出任常山郡太守。听说鄮乡亭长有个漂亮的女儿但家境贫穷，而当时魏文帝正要在民间挑选美女进宫，谷习就把价值千金的珍贵财物送到薛家作聘礼，聘得薛灵芸之后，便将她献给了魏文帝。

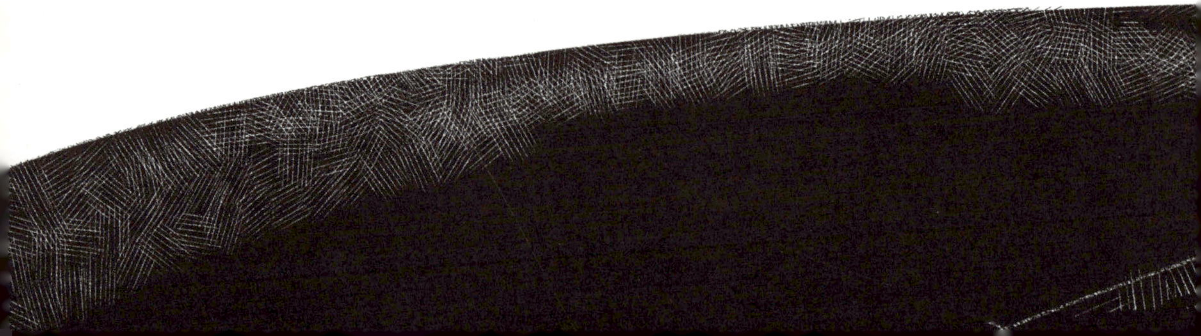

薛灵芸听说要与父母分离，连日哭泣叹息，眼泪流下来把衣襟都打湿了。到了登车上路的时候，她用玉制的唾壶接泪，白玉壶里便呈现出红色。从常山出发直到抵达京城，玉壶中的泪水凝成了血块。

魏文帝用十辆彩车迎接薛灵芸，彩车的轮辋上雕花镶金，车毂上涂着红漆，车轭前用各种珍宝组成彩龙彩凤，龙和凤的口中衔着百子铃，铃声清脆悦耳，在原野里回荡。彩车用青色快牛驾驶，这种牛可以日行三百里，是尸涂国进献的，它的脚像马蹄一样。道路的旁边焚烧着石叶香，这香一层层地重叠着，形状像云母，其光亮和气味可以消除厉害的疾病，是腹题国进献的。薛灵芸的车距京城还有数十里，前来迎接的灯笼火把便连成一线，车辆和人群阻塞了道路，扬起的灰尘遮星蔽月，当时的人们称之为“尘霄”。

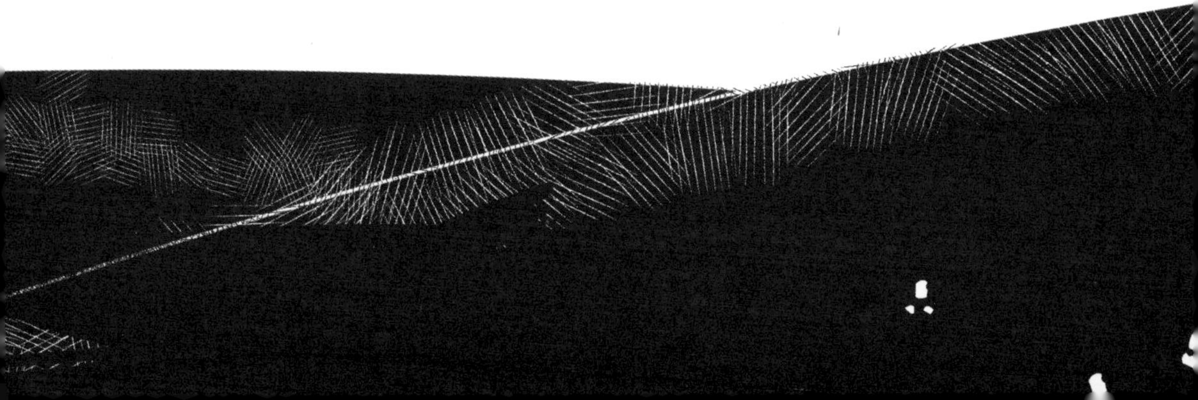

又用泥土筑成高台，台基高三十丈，台下点起一排排蜡烛，称为“烛台”。远望烛台下的烛光，仿佛是天上的星星落到了地面。又在大路旁，每隔一里树起一个铜表，铜表高五尺，用它可以计算薛灵芸的行程。因此，过路人在歌中唱道：“青槐夹道栽，道上起尘埃。龙楼和凤阁，高耸云天外。清风飘细雨，送得暗香来。金在土之上，火光照土台。”最后两句是不祥的预言。在路旁立铜表记里数，表示金在土上；把点着的蜡烛放在土台下边，则象征火在土下。汉朝以火德称王，曹魏以土德称王，土可以克火，所以火德衰败而土德振兴；现在土在下，金在上，预示曹魏将灭，而晋朝将兴。

薛灵芸距京城十里远的时候，魏文帝乘坐以白玉为饰的御车出迎，当他看到车如流水人如潮的盛况，不禁感慨道：“古人说神女降临，早来像布云，暮来像降雨。而我现在恍恍惚惚，连是云是雨、是早是晚都分不清楚了。”魏文帝把薛灵芸的名字改为“夜来”。夜来进宫后一直受宠爱。外国进贡装饰着火珠龙鸾的发钗，魏文帝说：“明珠翡翠的重量，她都承受不起，何况龙鸾金钗这样的重东西？”于是下令不让送来。

夜来擅长做针线活，即使在几重帷幕之中，不用灯烛照明，她也能快速裁剪布料、缝纫。不是夜来做的衣服，魏文帝就不肯穿。尔后，皇宫里的人把夜来称为“针神”。

一入侯门深似海，薛灵芸离家进宫时流泪成血，暗讽皇帝的选美活动给民间带来的骨肉分离的痛苦，一如《红楼梦》里的元春省亲，华美豪奢的场面其实建筑在多少泣血心酸之上。

以色事他人，能得几时好？

翔风

石崇十分宠爱一名名叫翔风的丫鬟，她是曹魏末年从胡人中挑选出来的，当时刚满十岁，石崇让人把她送到家中教养。到了十五岁那年，府中没人比得上她的容貌。翔风善于分辨美玉的声音，能区别黄金的成色。石家的财富可以同皇帝相比，石崇也是当时世界上最骄横奢侈的人，家中所有的珍宝都是从遥远的外国弄来的，没有人知道它们的出产地，石崇便让翔风通过声音和颜色来加以辨别，翔风把它们是从什么地方来的全都理得一清二楚。

翔风说：“西方和北方的玉，声音低沉浑厚，质地温和泽润，佩戴它们，可以使人心平气和；东方和南方的玉，声音悠扬纯正，质地晶莹冰凉，佩戴它们，可以使人神清气爽。“

石崇的婢妾，光是容貌美丽的就有几千人，翔风由于能说会道，博得了石崇的喜爱。石崇曾对翔风说：“我死的时候，要指着天上的日头请它作证，让你为我陪葬。”翔风回答说：“活着的时候你欢我爱，一死就各分东西，既然这样还不如不爱。我能作为你的殉葬品，我有哪一点不值得！”这样一来，翔风便更加受石崇宠爱。

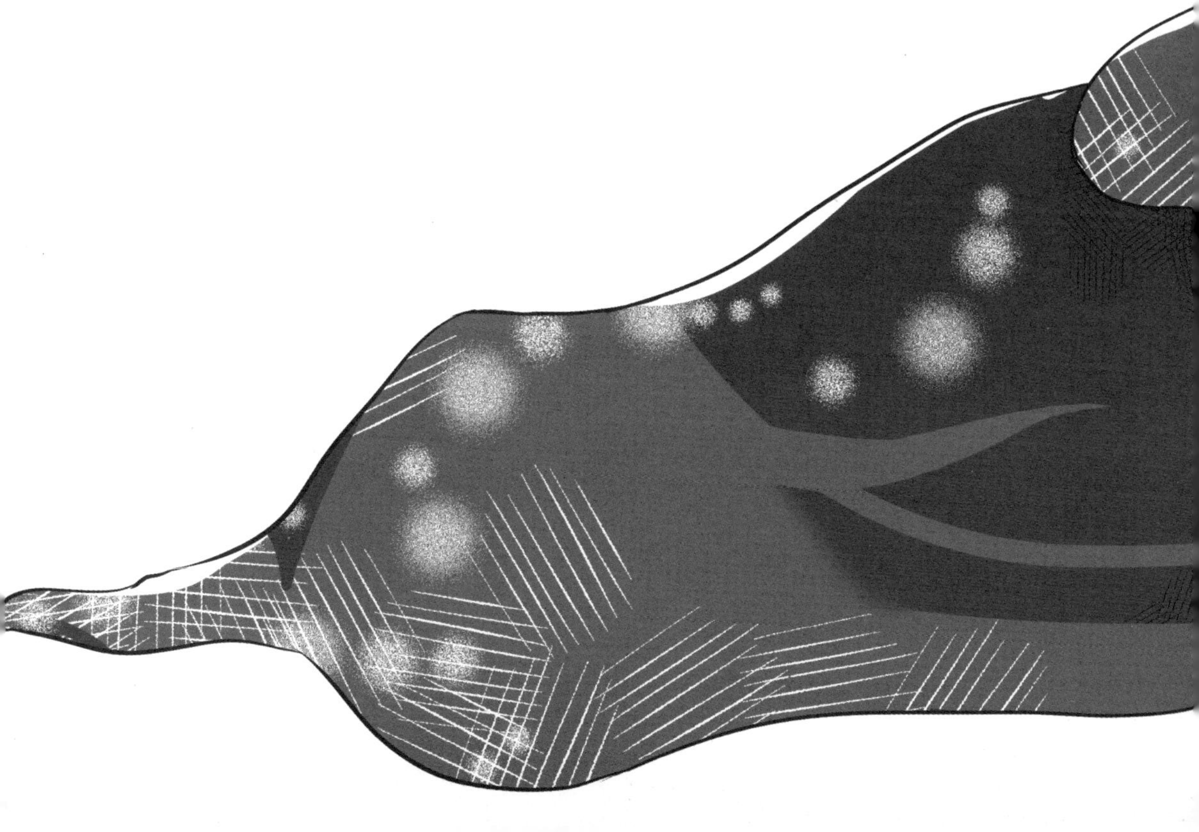

石崇曾经挑出十个身材相貌漂亮、样子与翔风差不多的婢妾，让她们打扮得和翔风一模一样。如此翔风与他一眨眼的分离也不会有，日日夜夜都能在他身边侍候。石崇还叫翔风挑选一些美玉给琢玉的工人，让工人琢成“卧能形”玉佩，把金丝环绕成像凤凰头冠的发钗。这就是所谓的“雕玉成卧龙，铸钗像凤冠”。石家舞女们舞袖相连，环绕着梁柱起舞，跳舞的人日夜换班跳个不停，人们称之为“永恒的舞蹈”。

石崇想要使唤自己的婢妾，用不着指名道姓，全凭她们身上玉佩的声音和头上金钗的颜色来决定次序：玉佩声音悠扬的在前，金钗颜色鲜艳的在后，排成行列走向石崇。石崇又叫几十个婢妾把各种香料含在口里，使她们在走路和说笑的时候，口中的香气随风四散。石崇还让人把沉香碾成灰尘一样的粉末，撒在象牙床上，叫自己喜爱的婢妾在床上行走。不在尘末上留下痕迹的，赏一千串珍珠；留下痕迹的，就命令她节制饮食，减轻体重。因此民间闺房中的姑娘们相互开玩笑说：“你骨粗体重，谁把上千串珍珠向你送？”

当翔风年满三十岁的时候，年轻的婢妾们都非常嫉妒她。有的说：“胡人的姑娘不可能与我们成为一帮。”于是争着说她的坏话、排挤她。石崇经常听到关于翔风的闲言闲语，便把翔风贬为婢妾管理人，让她管理年轻的婢妾。翔风满怀愁怨，作了一首五言诗，诗的大意是：“春天的花儿谁不赞赏，但马上就要经受秋天凋谢的忧伤。烟囱里的轻烟被风儿压得不能升扬，受人鄙视、贬斥哪里是我的愿望。桂树因为芳香才遭虫蛀，我因为美貌才落得被遗弃的下场。瞧见那花瓣纷纷自落，红断香消时，只好嘲笑自己美梦的荒唐。”石崇家里人把这首诗配上乐曲加以歌唱，直到晋朝末年，这首歌才被废止。

古时显贵的婢妾，却无法掌握自身的前程和生命，家世、美色、才能便能决定一生。而翔风已兼有两者，仍旧下场凄凉，而那些什么优势都没有的女子，人生又是如何？

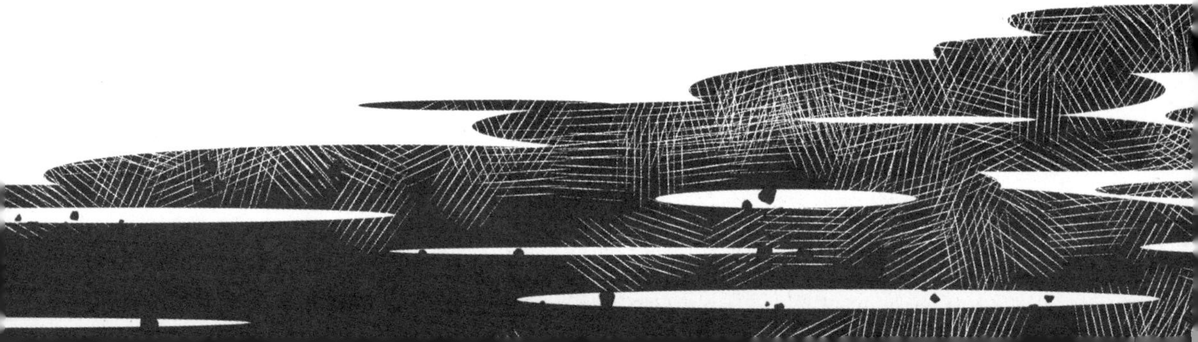

怨碑

从前秦始皇修筑坟墓，聚敛了世间稀有的宝物，又把工匠活埋在墓里从事雕刻，完工后直接殉葬。用那些从四面八方搜刮来的奇珍异宝，在墓中做成江河海洋，堆起崇山峻岭。用沙棠木、沉香木、檀香木作船和桨，用金子、银子作野雁和野鸭，用琉璃和其他珍宝作龟和鱼。又在海中摆上一些用美玉雕成的大象和鲸鱼，这些大象和鲸鱼嘴上衔着火珠，就像是星星一样，用来代替灯烛，其光亮照彻墓内，神妙极了。

被活埋在墓内的工人，在墓内把石头雕琢成龙、凤和仙人的形状，并在石碑上刻上碑文。汉代初年掘开这座墓，发现这些墓葬后，人们查遍了关于造墓的历史文献，都没有找到在墓中放置石雕和石碑的记载，才知道这些东西是被活埋的匠人在墓中“加班”制造的。

后世人重新抄写这些碑文，而碑文的字里行间充满了怨恨情绪，所以把这石碑叫作“怨碑”。

良辰吉时到，墓门先关，接下来就辛苦你们了。

究竟是阴魂不散还是良心不安？

于吉

孙策想要渡过长江偷袭许昌，与于吉一起同行。当时正是大旱天气，所到之处旱情像大火一样酷烈。孙策催促全体将士，命令他们迅速牵引船只前进。他很早就起来亲自察看督促，看见将领官吏们大多聚集在于吉那里。孙策因此非常生气，说："我难道不如于吉了吗？你们怎么都争着去迎合依附他呢？"孙策立即派人把于吉抓起来。孙策大声责骂于吉："天气大旱不雨，道路很不好走，不知道什么时候才能过江，因此我清早起来察看督促。然而你不但不与我共忧愁，反而安稳地坐在船中，装神弄鬼，破坏我的队伍。我今日就把你除掉！"

孙策命令武士把于吉捆绑在地，暴晒在烈日之下，叫他求雨。并告诉于吉，如果他能够感动上天，中午就下雨的话，那就赦免他；不然，就要杀掉他。顷刻间，云气升腾，浓云密布。临近中午，大雨倾盆而下，溪流山涧暴涨漫溢。将士们都很高兴，以为于吉必定会得到赦免，便一起去庆贺慰问他。然而，孙策还是把于吉杀掉了。将士们无不哀痛怜惜，他们暗地里藏好于吉的尸体。这天夜里，忽然又兴起乌云，覆盖了于吉的尸体。第二天清早查看，于吉的尸体已不知所踪。

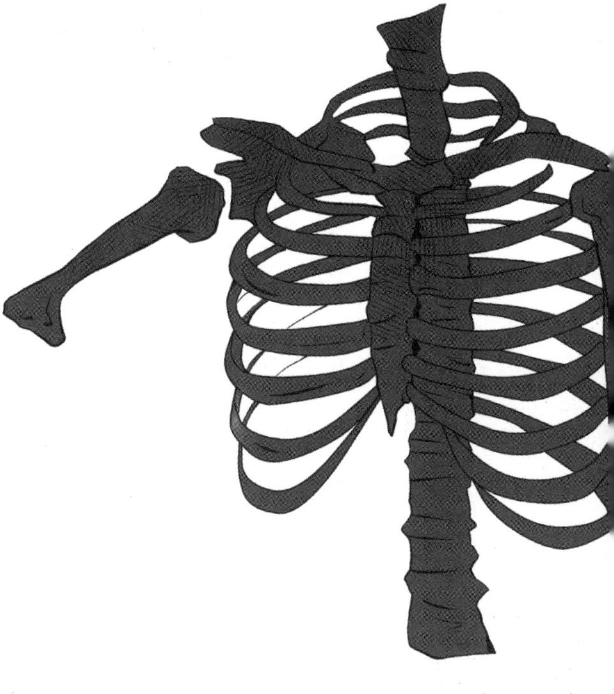

孙策杀了于吉之后，每逢独自坐着，就仿佛看见于吉在身旁。后来，身上的伤口刚好，他拿镜子来照照自己，就看见于吉在镜子里面；可是回过头来却没有看见于吉。像这样反复了多次，孙策开始拍打镜子并大声喊叫，接着伤口突然破裂，不一会儿就死了。

孙策骄横无道，不守信义，最后杀死他的也许是鬼魂，也许是自己。

三王墓

楚王想要一把世界上最锋利的宝剑，便命令最有名的铸剑师干将、莫邪夫妇造剑。夫妻二人花了三年终于完成，他们造好的剑有两把，一雄一雌，分别命名为干将、莫邪。当时莫邪怀孕就要临产了，干将对莫邪说：“我为楚王造剑，楚王生性多疑，为了避免我日后做出更好的宝剑，送剑去的时候必定要杀我。如果你生的是男孩，待他长大成人后，告诉他：‘出门看南山，松树生长在石头上，干将剑就在它的背面。’”于是干将冒着必死的决心，带着莫邪剑献给楚王，而楚王也果真杀掉了干将。

莫邪后来生下一名男孩，名叫赤比。多年后赤比长大成人，问母亲：“我父亲在什么地方？”莫邪回答说：“你父亲为楚王造剑，楚王却杀害了他。他临走前交代过，南山有棵长在石头上的松树，另一把宝剑就在它的背面。”于是赤比出门向南边看，没有看见山，只看见堂屋前松柱的下面是柱石，柱石的上面是松柱。他用斧头劈开松柱，果然找到了干将剑。从此，赤比日日夜夜都盘算着该如何为父报仇。

此时的楚王梦见一个青年，他两道眉毛间隔有一尺宽，喊叫着：“我要报仇！”于是重金捉拿此青年。赤比听到风声只好逃到山里，边走边悲愤高歌。有一个侠客遇见了他，关心地问道：“你年纪轻轻的，为什么哭得这样悲伤呢？”赤比说：“我是干将、莫邪的儿子。楚王杀了我父亲，我要找他报仇！”侠客说：“楚王用千金悬赏你的头，不如把你的头和剑给我，我为你报仇。”赤比说：“太好了！”当即刎颈自杀，两手捧着头和剑奉献给侠客，身体却僵直地站在那里。侠客接过头颅与干将剑后说：“我决不会辜负你的。”于是尸体才扑倒在地上。

侠客带着头去见楚王，楚王非常高兴。侠客说：“这是勇士的头，应当把它放在汤镬里煮。”楚王就照侠客的话办，可是煮了三天三夜，赤比的头颅不仅没有煮烂，而且还在沸腾的汤水上上下跳跃，双目怒瞪着楚王。侠客此时又说：“这个男孩的头煮不烂。若是大王亲临观看，必定能将它煮烂。”楚王便走向汤镬往里观看。侠客趁机用剑对楚王一挥，楚王的头颅就掉进沸水里。侠客跟着刎颈，头也掉进了沸水里。三个人的头颅在锅里追逐着，最后楚王的头颅在另外两颗头颅的夹击下沉入水里，赤比与侠客的头颅才沉入。旁人发现后立即将头颅捞起来，但是三颗头颅已经煮得只剩白骨，混在一起，无法分辨哪一个是楚王的头颅，只好把三颗头颅合葬一处。人们把它叫作“三王墓”，现今还在汝南郡北宜春县境内。

一双剑交织出精彩无比的复仇记，楚王的不义私欲，干将的慷慨赴死，莫邪嫉恶如仇，奇比献头报复，侠客见义勇为，没有太多心机和曲折，那是个所有人都是义无反顾的时代。

烈女感天，血往天际流

东海孝妇

汉朝时，东海郡有一名守寡却孝顺的媳妇，奉养婆婆十分恭敬周到。婆婆心想："媳妇养活我太劳累了。我已经老了，何必吝惜残年余岁，而长期拖累年轻人。"于是自己上吊自尽。婆婆的女儿却告到官府说："是媳妇谋杀了我的母亲。"官府就把媳妇逮捕关押起来，严刑拷打，百般折磨。孝妇忍受不了痛苦，屈打成招，被迫认罪了。

当时的狱吏于公就说："这个媳妇养活婆婆十多年，因孝顺婆婆而远近闻名，一定不会谋杀婆婆。"但是太守不听。于公的规谏没得到采纳，他就抱着审判的供词，在官府痛哭一场之后走了。从此以后，东海郡三年没有下雨，草木枯槁。新任太守来到了，于公说："孝妇不应处死，前任太守冤枉她，发生灾害的原因就在这里。"太守立即就亲自前去祭奠孝妇墓，并在墓上立碑，以表彰她的孝行。天立即下雨，这一年获得了大丰收。

据老一辈的说法，这个孝妇名叫周青。在周青将要被处死的时候，车子装载着一根十丈长的竹竿，上面悬挂着五旛旗，她站在这根竹竿下当众发誓说：“我周青如果有罪，甘愿被杀，血应当顺着竹竿往下流；如果是含冤而死，血就要逆着竹竿往上流。”处决后，周青喷出的血是青黄色的，血水沿着竹竿逆流直上竿顶。

孝顺的周青被枉杀，于是血水青黄、逆流而上，天地都为这些冤枉而表达不忍。这种不忍和冤屈，世世代代的创作都有其影子，譬如后来的《窦娥冤》便诉控了官僚体系的昏暗。

彭娥

西晋“永嘉之乱”的时候，各郡县没有固定的统治者，总是势力大的欺压势力小的。宜阳县有个姑娘，名唤彭娥，家中父母兄弟一共十多人，遭到从长沙来的强盗袭击。当时彭娥正背着器具出门到溪边打水，听到强盗来了，赶紧跑回家，刚好看见屋外的围墙被打破了，她忍不住心头的悲愤，同强盗搏斗起来。

强盗把彭娥捆住推到溪边，打算溺死她。溪旁有一座大山，石壁高达几十丈，彭娥对天呼喊说：“老天爷还有慈悲心吗？我到底犯了什么罪，要落得这样的下场！”说完就向大山奔去。大山立即崩开，裂口宽好几丈，但是下面的道路却平坦得像用什么东西磨过似的。

强盗们追赶着彭娥也进入了山中，大山立刻就合拢了，一点裂痕也看不出来，好像从来没有裂开过一样。强盗们都被压死在山里，头还露在山外，彭娥也销声匿迹，不再出来了。而彭娥打水的器具变成了石头，形状像一只鸡，当地人称这座山为石鸡山，把彭娥汲水的地方叫作娥潭。

彭娥怨气冲天令高山开启，巨石压死了强盗，表达出百姓对恶势力的痛恨，以及对除暴安良的向往；但真实的遭遇往往残忍不仁，并没有善良正义的结局。

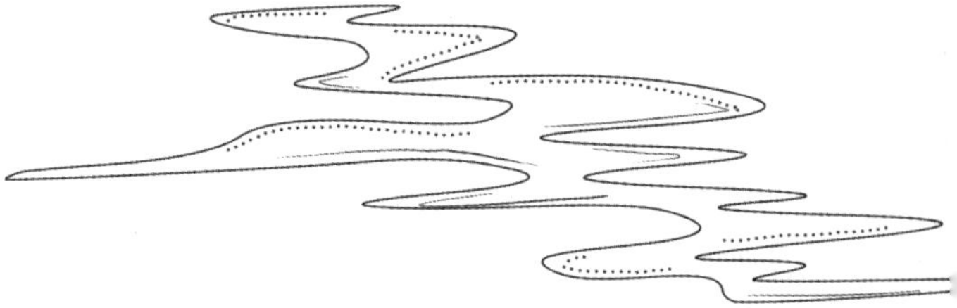

阴生

汉代长安渭河桥下，有一个讨饭的小孩叫阴生，他经常在市上乞讨。市上的有钱人都很讨厌他，把粪水泼到他身上。可过不了一会儿，他又出现在市上，衣服却像原来一样看不到脏东西。

官老爷们听说了这件事，就把阴生关押起来，并戴上脚镣手铐，然而他仍旧出现在市上乞讨。官老爷们又逮捕了他，这次打算杀掉他，但阴生又逃走了。

后来泼他粪水的人家里，屋顶竟破败倒塌，压死了十多人。此后长安城中流行这样一首歌谣："遇见讨饭的小儿，要给好肉美酒，以免屋破房塌压死人。"

阴生应该有瘟神罩着，谁惹到他谁就倒霉，欺凌弱小的人，小心你的家门。

李寄

在东越国闽中郡里，有一座山叫庸领，高几十里。在这座山的西北低洼潮湿的地方，有一条大蛇，长七八丈，粗十多圈。由于大蛇为患，当地老百姓时常惊惧不安。东冶郡都尉和所属县城的官吏中，也有许多人被蛇咬死。人们用牛羊祭祀它，仍旧得不到安宁。这只大蛇便托梦给人，并指示巫祝，它要吃十二三岁的女童。由于大蛇的祸害一直不停息，都尉、县官们都十分忧虑，于是他们索求大户人家奴婢所生的女孩，以及有罪人家的女孩，平时先养着，到了八月初一祭祀的时候，再送到蛇洞口，大蛇就会现身把女孩吞掉。多年来都是这样，已经用了九个女孩来作祭品。

某年又在预先搜求女孩，始终未能得到。将乐县李诞家里没有男孩，只有六个女孩，年纪最小的名叫李寄，她想去应募但父母不同意。李寄说：“父母没有福气，没生一个男孩。我没有缇萦那样救助父母的功劳，不能供养父母，又白白耗费衣食，活着没有益处，不如早点死了好。卖掉我，可以得到一点钱，用来供养父母，难道不是很好吗？”父母慈爱，始终不答应她去。李寄自己就偷偷离开去了。

李寄向官府要了一把好剑和一只狗。到了八月初一，她先将几石和了蜂蜜和炒麦粉的蒸米饼放到洞口，之后便带着狗去庙里坐着，怀里揣着剑。不到一会儿，大蛇出来了，蛇头像谷囤那么大，眼睛像两尺大的镜子。大蛇闻到了蒸米饼的香气，就先吃起来。李寄立即放出狗咬它，自己则提剑从后面把蛇砍伤了好几处。大蛇痛急了，就从洞里蹿了出来，蹿到洞前的空地上就死了。

李寄进去洞穴察看，找到先前九个女孩的头骨，并全部搬了出来，感慨地说：“你们胆小懦弱，被蛇吃掉，实在太可怜了。”之后，李寄就从容地走回家去。越王听说了这件事，聘娶李寄为王后，任命李诞为将乐县令，母亲和姐姐们也都得到了赏赐。从此以后，东冶这个地方就再没有妖物作怪了，而有关李寄斩蛇的歌谣直到今天还在流传。

李寄的英雄形象鲜明生动，其为民除害的坚强意志和勇敢机智的战斗精神给人留下了深刻的印象。后世的文学影视和游戏娱乐，莫不有斩大蛇的情节在其中，足见其影响之深。

为激情而死，靠情泪重生

铅粉

有一户人家非常富有，只有一个儿子，对他特别宠爱放任。有一次，富人的儿子到街上闲逛，看见一个漂亮姑娘在卖铅粉，心里喜欢她，但是没法表示自己的心意，便以买粉为借口，每天到店里买了粉就离去，也没和姑娘说什么话。时间久了，姑娘开始怀疑富人儿子的行动。有次他又来了，姑娘便问："你买这些铅粉，准备做什么用？"富人的儿子回答说："我内心喜欢你，不敢自己说出来，但总想与你见面，所以借这个办法来看你。"姑娘被感动了，她沉思很久，就答应了与之幽会。两人把时间定在第二天夜里。

隔日，富人的儿子在堂屋里铺设床铺，等候姑娘到来。天刚黑，姑娘依约前来，富人的儿子高兴得不得了，抓着姑娘的手臂说："我那么久的心愿到今日才实现！"他激动得跳了起来，却一口气提不上来就断了气。姑娘又惊又怕，不知道该怎么办，只好逃走。到了第二天的吃饭时间，富人夫妇对儿子迟迟不起床感到奇怪，到堂屋一看才发现儿子已经死了。

到了要装殓尸体的时候，家人打开箱子取衣服，才看见箱子里有一百多包铅粉，而且每个粉包的大小都一样。死者的母亲说："害死我儿子的人，一定与这些粉有关。"富人便差人到街上各个铅粉店购买铅粉。到了姑娘的店里，仆人把买到的粉与箱子里的粉进行比较，发现粉包的大小和包装的方式相同，便抓住姑娘去审讯。死者的父母亲问："你为什么害死我的儿子？"姑娘听到问话痛哭流涕，才把实情全部说了出来。死者的父母不相信，就告到了官府。

到了官府，姑娘说："我现在哪里还怕什么死？只是希望能看一眼遗体，好好地哭一场！"县官同意了。姑娘走到富人家里，抚尸大哭，她对死者说："可怜我们落到这样的下场，假如你的灵魂有知，我含冤受屈又有什么遗憾呢。"富人的儿子突然睁开眼睛复活了，并向大家详细说明了事情的经过。于是两人结为夫妇，他们的子孙也繁衍昌盛。

白马王子的吻让白雪公主复活，铅粉姑娘的泪让富家之子重生，爱情果然是一剂万灵丹。

争妻

晋惠帝时，河间郡有两个青年男女私自相爱，相互许诺结为夫妻。不久，小伙子当兵去了，多年没有回来。姑娘的家人想把她另外嫁出去。姑娘纵然不愿意，但被父母逼迫，没有办法，只好出嫁了。不久，姑娘就病死了。

后来小伙子防守边疆归来，询问姑娘在什么地方。他的家人如实地说出了姑娘的遭遇。于是，小伙子来到墓地，想为姑娘痛哭一场，但他实在太思念姑娘了，便挖掘坟墓打开棺材，姑娘随即活了过来，于是小伙子就把她背回家。调养了几天，姑娘就恢复了健康，和从前一样了。

后来，姑娘的丈夫听说这件事后就想要人。那个小伙子说：“你的妻子已经死了，世界上谁听说过死人还能再活过来？这是老天爷感动了，所以让她重生。”于是双方就打起官司来。郡县也不能裁决，只好把案情上报廷尉，由廷尉来审理定案。秘书郎王导上奏朝廷说：“用最大的真心诚意感动了天地，所以能死而复生。这不是平常的事情，不能按照平常的礼法来判决此案。请把姑娘判给那个挖开坟墓的小伙子吧。”朝廷就准了王导的奏折。

情能让人战胜死亡，超越所有不顾一切的情感，法理法律也感天动地。

不见不散——信守承诺的不朽教材

范巨卿

汉朝范巨卿，是山阳郡金乡县人。他与汝南郡张元伯结为好友，一起在太学里读书。后来，张元伯请假回乡，范巨卿对张元伯说："过两年我也应当回乡了，到那时我将要去拜望你父母大人，见一见你的孩子。"于是，两人共同约定了日期。后来，约定的日期即将到来，张元伯就把这件事告诉了母亲，请母亲准备美食佳肴等候范巨卿到来。母亲说："离别两年，又是千里之外的口头约定，你怎么能确信呢？"张元伯说："巨卿是个诚信君子，他一定不会失约。"母亲说："如果是这样，那就应当为你准备酒菜。"到了约定的日期，范巨卿果真来了。他们进入堂屋，互相拜见，敞怀饮宴，尽欢而别。

后来，张元伯得了重病，卧床不起，同郡好友郅君章、殷子征早晚都去看望他。张元伯临终的时候，叹息说："遗憾的是没有见到我生死之交的朋友。"殷子征说："我与君章，对你尽心尽意，这还算不上是你的生死之交。那么，你还想见谁呢？"元伯说："你们两位是我的生前好朋友；山阳范巨卿才是我所说的生死之交。"不久，张元伯就去世了。

而远在山阳的范巨卿忽然梦见张元伯，头戴黑色礼帽，乘着马车而来。张元伯拖着鞋子边走边喊：“巨卿，我已在某日死了，最近就要安葬，永远回到阴间去了。虽然你并没有忘记我，但是怎么能来得及来送我一程呢？”范巨卿从睡梦中惊醒，悲叹痛哭。他立即穿上吊祭朋友的丧服，按照张元伯安葬的日期，驱车前往参加葬礼。

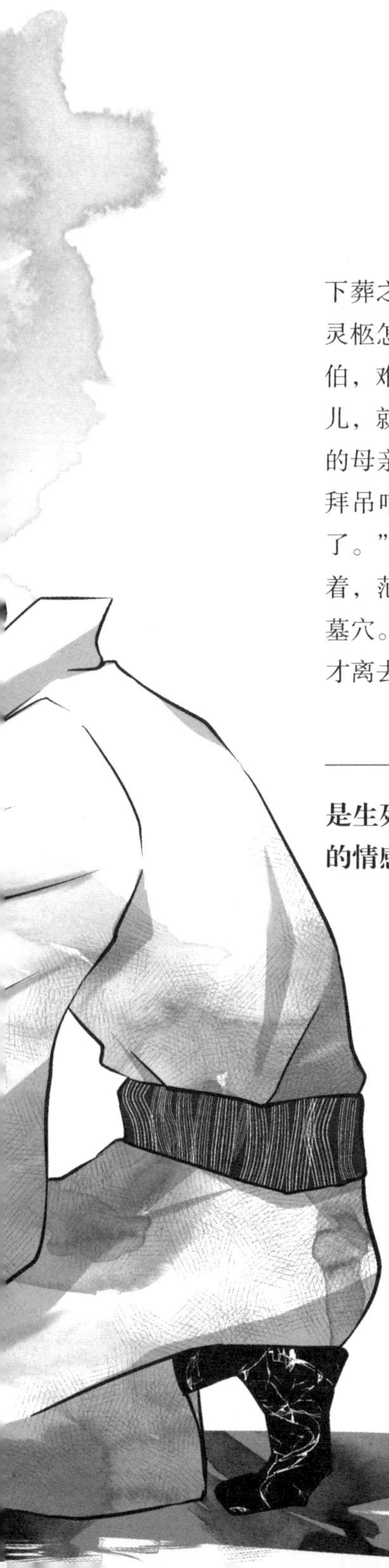

下葬之日，元伯的灵柩已经出发到墓穴口，即将下葬，然而灵柩怎么也进入不了墓穴。张元伯的母亲抚着灵柩说：“元伯，难道你还在等什么人吗？”于是停住了灵柩。过了一会儿，就看见吊丧的白色车马，号啕痛哭地奔驰而来。张元伯的母亲远望着车马说：“这一定是范巨卿。”范巨卿前来叩拜吊唁，说：“走吧元伯，死生各有不同的路，就此永别了。”参加葬礼的有上千人，都为他们的情谊流下眼泪。接着，范巨卿挽着灵柩的绋绳在前面引导，灵柩这才顺利进入墓穴。安葬后，范巨卿就留下来修整坟墓，种植树木，然后才离去。

是生死之交，也或许是断袖之情？但这绝对是一种很深厚的情感，让两人超越时空，仍各执其手，依旧挂怀。

庞阿

巨鹿有个名叫庞阿的人，相貌英俊，仪态端庄。同乡姓石的人家有一位姑娘曾经在自家见过庞阿，便芳心暗许。过了不久，石家姑娘突然出现在庞阿家中，庞阿的妻子知道此事便派丫鬟把姑娘捆了起来，押回石家去，结果在半路上石家姑娘变成烟雾消失了。押送的丫鬟一路赶到石家，向石家人说明此事。石家姑娘的父亲大为吃惊，对丫鬟说：“我的女儿从来不出门，你们怎么能如此中伤她！”

庞阿的妻子从此开始留心观察石家姑娘的行踪。有一天夜晚，石家姑娘又出现在自己丈夫的书房里，妻子就亲自抓住送往石家。石父疑心另有缘故，就让石母找女儿查问。石家姑娘说：“先前庞阿到家里来，我曾偷偷地看到他。从那时起，我一做梦就能到他家，这次一进门就被他的妻子捆住了。”石父说：“天下竟有这样的怪事！”从这以后，石家姑娘决心不嫁他人。过了一年，庞阿的妻子忽然得了怪病，医治无效而死。庞阿这才下聘，迎娶石家姑娘为妻。

奇异的离魂故事，演绎了少女怀春的心思之强烈。在此基础上，后代的《离魂记》《倩女离魂》，皆表现出对真挚爱情和自由婚姻的向往。不过庞阿的妻子最后莫名死亡还被取而代之，好像更是哀伤。

在天愿为比翼鸟，在地愿为连理枝

相思树

战国末年，宋康王的亲近侍从韩凭娶了一名姓何的妻子。何氏很漂亮，宋康王便起了色心霸占了她，还把韩凭关起来判了刑，罚他白天防备敌人，夜晚还要修筑城墙。何氏偷偷送了一封信给韩凭，信中隐晦曲折地说："连绵不断雨淋淋，河水宽大水又深，太阳出来照我心。"不久，宋康王得到了这封信，并让近臣们看，但是近臣们都不明白这封信的意思。一个叫苏贺的臣子回答说："连绵不断雨淋淋，是说她的愁苦与思念；河流宽大水又深，是说他们夫妇被分离不能到一起；太阳出来照我心，是说她心里有了必死的念头。"没有多久，韩凭就自杀了。

有一天，宋康王与何氏登上高台，何氏就从台上跳下去，身边的人急忙拉她，但是何氏暗地里早就腐蚀了自己的衣裳，衣裳变得太脆弱而经不住手拉，何氏便摔死了。她在腰带里留下一封信，说："大王贪图生，我却喜欢死，希望能把我的尸骨赐给韩凭，与他合葬在一起。"宋康王大怒，不仅不顾何氏的请求，还把她的尸骨埋在韩凭墓的对面，使两座坟墓遥遥相望。宋康王说："你们夫妇相亲相爱没完没了，假若能够让两座坟墓自动合在一起，那我就不阻拦了。"

没想到，一夜之间，两座坟墓上都长出高大的梓树，十天后就有两手合抱那么粗。树干弯曲着互相靠近，树根交结在地下，树枝也在上空紧紧交错。还有一对鸳鸯经常栖息在树上，早晚都不离开，它们互相依偎，悲惨地鸣叫着，声音十分感人。宋国人都很怜悯这对夫妇，叫这对大树为“相思树”——“相思”的名称，就是从这里开始的。南方人认为鸳鸯这种鸟就是韩凭与何氏的精魂。现在睢阳还有座韩凭城，有关韩凭夫妇的民间歌谣到现在都还流传着。

两人的相思仍旧萦绕世间，夫妻即便不能合葬，却在地成为连理枝，而树上鸳鸯交颈，共哀共鸣，拼凑出一幅挚爱超越生死的绝美图画。

《杰克与魔豆》东方版

种玉

杨伯雍是洛阳县人，原本以介绍买卖作为职业，本性厚道孝顺，父母去世之后被安葬在无终山上，于是他就在山上住了下来。

无终山有八十里高，上面没有水，杨伯雍就从山下打水，在山坡边上做成浆汤，免费供给来往行人。到了第三年，有一个人来喝浆汤，给了他一斗石子，让他到又高又平、有石头的地点，把石子种下去，并且说："玉一定会从这里生出。"当时，杨伯雍还没有结婚，那人又对他说："你今后一定会娶一个好妻子。"话一说完，那人就不见了。于是，杨伯雍种下了那一斗石子。几年来，他不断地去察看，真的看见石头上渐渐地长出玉子，而旁人都不知情。

有一个姓徐的人，是右北平郡的名门大姓，他的女儿很有德行，当时有不少人求婚，他都不答应。杨伯雍试着向徐父求亲，徐父笑他发了疯，于是戏弄他说：“如果你拿一双白璧来，那就答应你的婚约。”杨博雍就到种玉的地方挖了五双白璧，拿着去订婚。徐父非常吃惊，于是就把女儿许配给了杨伯雍。

皇帝听说之后，觉得这件事很奇异，就封杨伯雍为大夫，并在种玉的地方的四个角落立起大石柱，每根石柱有一丈高，将中间的那块地命名为“玉田”。

种瓜得瓜，种豆的豆，种玉自然也得玉，要比杰克的魔豆省下太多力气。

人们疯狂祭拜的树神是他随地吐的李子核

李树

南顿县张助在田里种庄稼，看见了一个李子核，本来是打算拿走的，但回头看见一棵桑树的空洞中有泥土，随手就把李子核种了进去，并用喝剩下的饮料浇灌了一下。后来，有人看见桑树中生长出李树来，就相互传说开了。一个害了眼病的人，在这棵树下养息，就随口祷告说：“尊敬的李树神，如果您让我的眼病好了，我将用一头猪来祭谢您。”眼痛不过是一种轻微的疾病，过一段时间，那人的眼病自然也就慢慢地好了。然而人们却随声附和，越传越神，说成了李树神能保佑瞎子看见光明，搞得远近闻名。在这棵树下，马匹车辆经常是成百上千，祭祀的酒肉摆得到处都是。过了一年多，张助出远门回来，看见了这种祭祀的盛况，吃惊地说：“这有什么神灵，不过是我种的李树罢了。”于是他去把这棵树砍了。

传闻容易失真，轻信就会上当。信仰和迷信往往一线之隔。

枕中世界何其美好

柏木枕

焦湖庙的庙祝有一个柏木枕头，保存了三十多年，枕头后面有一个裂开的小孔。有一个名叫汤林的买卖人，从焦湖庙经过时求菩萨赐福，庙祝对他说："你结婚了没有？你可以把身子靠近枕头裂开的那一边。"

汤林突然间一脚就被吸入了裂缝内。裂缝里，汤林看到了朱红色的大门、美玉装饰的宫殿、玉石砌成的歌台，都比人间的好。汤林谒见了居住在宫殿里的赵太尉，赵太尉替他办了婚事，不久后他便生了六个孩子，四个男孩两个女孩。赵太尉还推荐汤林做了秘书郎，不久又升任黄门郎。汤林在枕头里，完全没有想回去的意思，后来终于遇到了不如意的事，使得汤林非常绝望。

庙祝于是让汤林从枕头里到枕头外边来，汤林就又见到了原先的枕头。庙祝对汤林说："你在枕头里过了那么多年，但实际上只有一眨眼的工夫。"

熟悉的黄粱一梦，其实始于枕头裂缝，历尽富贵荣华，醒来又一切依旧，不如好好睡觉，早起奋斗吧。

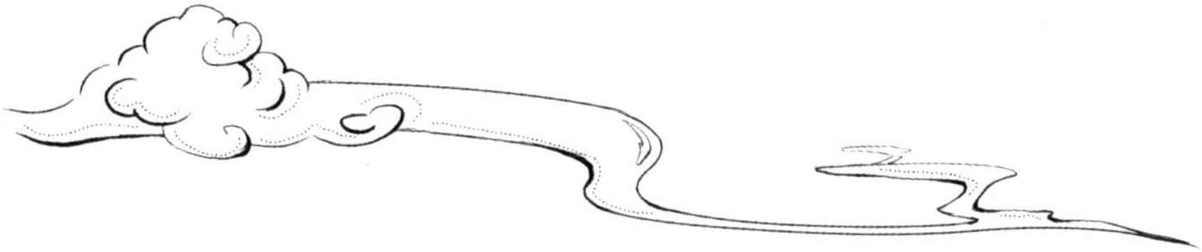

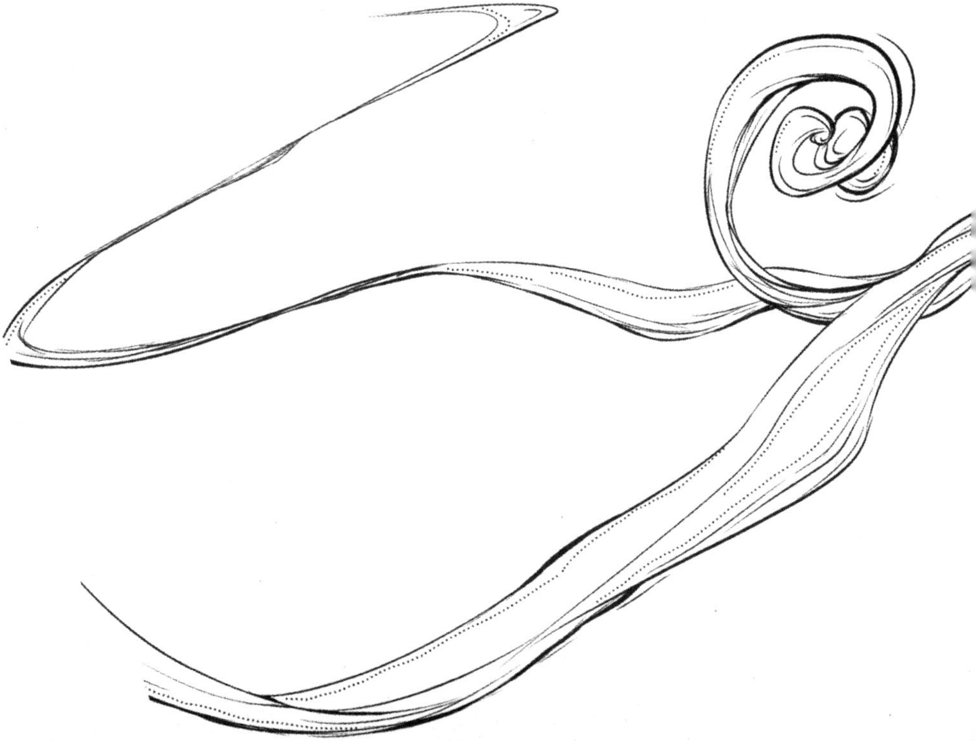

一杯醉千日，闻气醉三月，好酒！

千日酒

中山郡人狄希会酿造一种“千日酒”，据说喝了这种酒，会醉上一千天才醒。当时有一个同州的人，姓刘，名玄石，他很喜欢喝酒，便到狄希那里要酒喝。狄希说：“我的酒发酵后还没有成熟，不敢给你喝。”刘玄石请求说：“即使没有成熟，姑且给我喝一杯，可以吗？”狄希只好给他喝一杯。刘玄石又要求说：“味道太好了！请再给我一杯。”狄希说：“请先回去，改日再来，光这一杯，你就得睡上一千天。”刘玄石告别了狄希，脸上开始泛红，等回到家里，他就醉死了。家里的人都以为刘玄石死了，悲痛地把他埋葬了。

过了三年，狄希说：“刘玄石酒醉应该醒过来了，我应该去问一问他的情况。”狄希到了刘家，问道：“刘玄石在家吗？”刘家人都很奇怪，回答说：“自玄石去世以来，三年丧期已满了。”狄希吃惊地说：“这酒太美了，竟使他醉卧千日，现在应该醒过来了。”

刘家人到墓地一看，坟墓上冒着水气不断向天空蒸腾，狄希就命人挖坟开棺，只见刘玄石正好睁开眼睛，张开嘴巴，拖长声音说："让我醉得多痛快啊！"并问狄希："你酿的是什么东西，让我喝一杯就大醉，到今天才醒过来？太阳有多高了？"站在坟墓边上的人们都哈哈大笑，结果刘玄石的酒气冲进了他们的鼻子，他们一个个都醉卧了三个月。

嗜醉之人，请参考这杯年份千年、省钱又省时的千日酒。

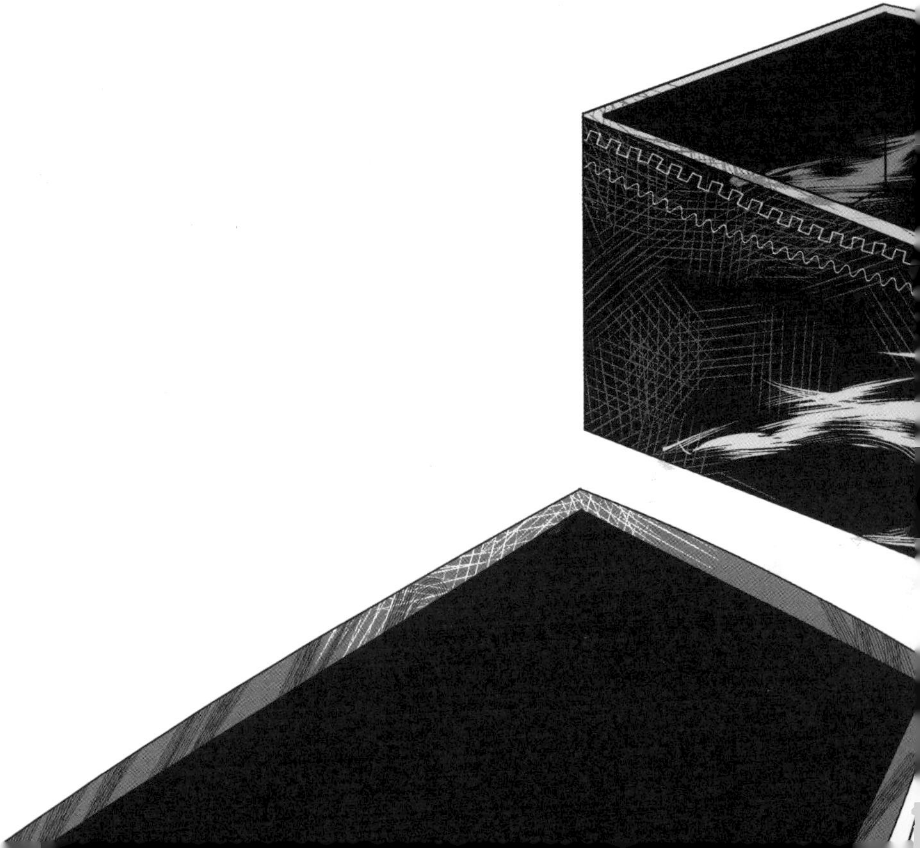

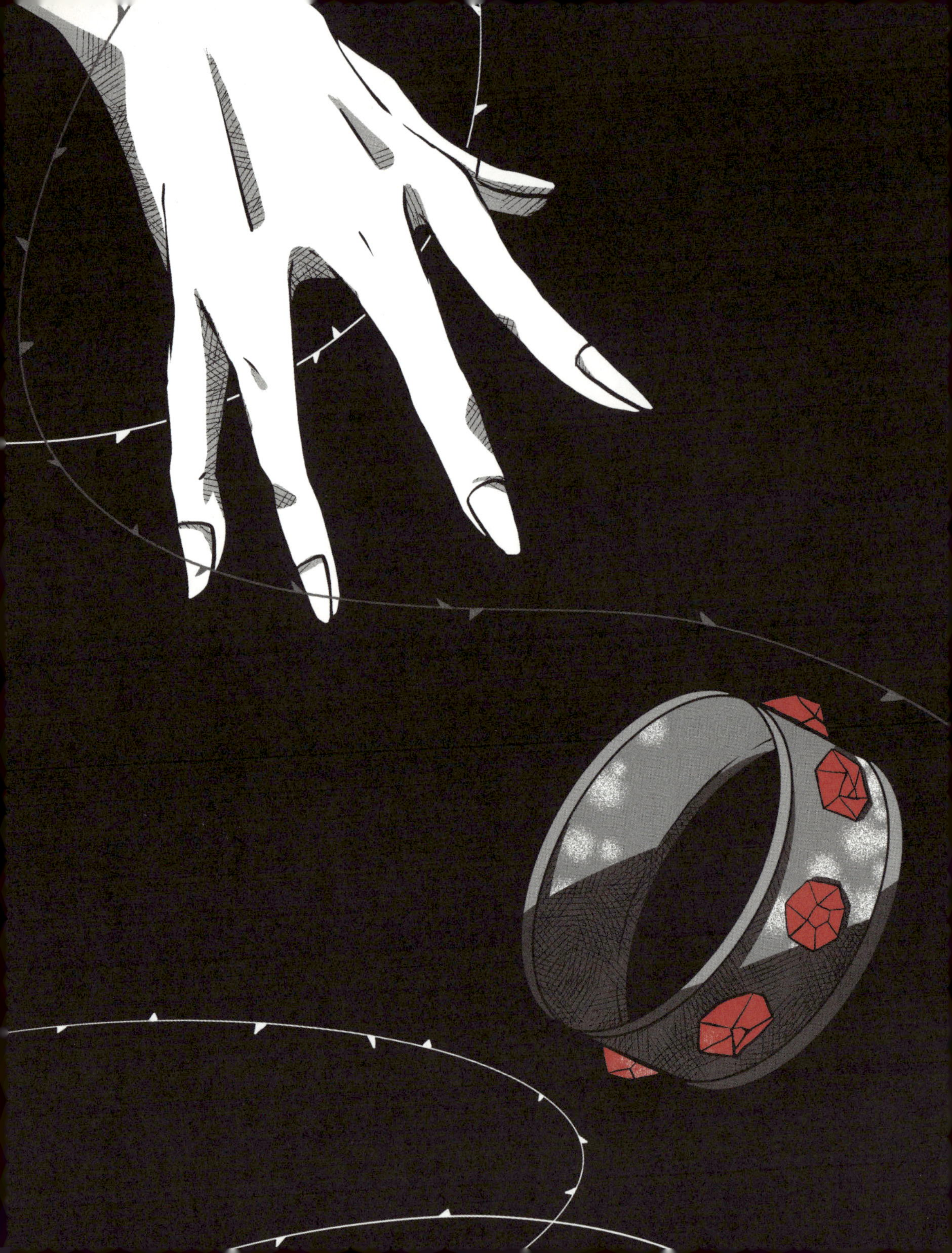

李除

襄阳人李除染上流行病死了。他的妻子守在尸体旁。到了半夜三更，尸体突然直挺挺地坐了起来，急匆匆地夺取妻子手臂上的金钏。妻子也就顺着他取了下来。李除一拿到金钏，又死了过去。妻子仔细观察尸体的情况，到天亮的时候，人又渐渐地活了过来。李除复活以后，说："我被官吏带走，一起被带去的人很多，我看见有人用东西行贿就得到了赦免，就答应送金钏给他们。于是官吏放我回来拿金钏。官吏得到了金钏，就放我回人间来了。我看见官吏拿着金钏走了。"此后几天里，李除不知道金钏还在妻子的衣服内，妻子也不敢再戴金钏，就按照李除说的情况，祝祷后把金钏埋在土里了。

鬼吏索贿，不过是反映人间。

舒礼

巴丘县有一名巫师叫舒礼，于东晋永昌元年病死了，土地神带着他的魂魄要送往泰山。老百姓称巫师为道人，当舒礼等人路过阴司福舍时，土地神问福舍的守门官说："这是什么人住的房子？"守门官说："道人住的房子。"土地神说："这人也是个'道人'。"便把舒礼交给守门官。舒礼进门后，看到几千间瓦屋都悬挂着竹帘，安放着床铺，男女分开居住。有的人在念经，有的人在唱偈，有的人自由自在地吃喝，都有说不出来的快乐。

后来舒礼的名单被送到泰山府衙门，而本人还没有到，泰山府君追问土地神，土地神说："我在路上看见了几千间瓦屋，便问守门的官吏，他说那是收录道人的地方，我就把舒礼交给了他。"于是府君派遣土地神重新提取舒礼。舒礼还没把福舍看完，就看见有个长着八只手四只眼、手提金杵的人，追着要来打自己，吓得回头就跑。出了门，土地神已在门外等候，抓住他便送往泰山。

泰山府君问舒礼："你在人间都做过什么事？"舒礼说："侍奉三万六千神，替别人禳除灾祸，为了祭祀，有时要杀些小牛和猪羊鸡鸭。"府君说："你为了向鬼神献媚而妄杀生灵，这样的罪过应受热熬之刑。"便派底下的官吏把舒礼牵到了施刑的地方。那里有一只怪物，躯干与人一样，脑袋却像牛头。那怪物拿着铁叉，把舒礼叉起来扔到铁床上，舒礼在铁床上烫得打滚，浑身被烤得焦烟稀烂，想死又死不了。

如此过了两天一夜，舒礼受尽了痛苦。府君问主管寿命的官吏："舒礼的寿命本该完结呢，还是突然被剥夺了？"官吏翻看生死簿，发现舒礼还有八年阳寿。府君便差人把他带过来。牛头人又用铁叉把舒礼叉起来放到铁床旁边。府君对舒礼说："现在放你回去，活完余下的寿命，莫要又去屠杀生灵，滥祭鬼神！"舒礼忽然复生，就不再当巫师了。

信佛者可以到阴司福舍享福，而异教巫师却要受热熬之刑，这和西方中古时期的猎杀女巫殊途同归，主流宗教的迫害其实早已背离信仰的初心。

地府

晋代的赵泰，字文和，是清河郡贝丘县人。他的祖父担任过京兆太守。郡里推荐赵泰当孝廉，公府召他去做官，他都没有去。他精通各家经典，在家乡很有声望，晚年才受任做官，死在中散大夫任上。

赵泰在三十五岁的时候，曾经突然发了心痛病，一下子就死过去了。尸体摊在地上，心口热气不散，四肢也不僵硬。他的遗体在家中停放了十天，隔天清早，他的喉咙里发出了像下雨一样的响声，过了一阵子，人就醒了过来。

赵泰说他刚死的时候，梦见一个人挨近他的心口，另外两人也骑着黄马来到他的眼前，黄马后面跟着的两人，分别用手从两边把他夹了起来，架着他笔直朝东走。也不知走了多远，才来到一座大城下面，城郭高大雄伟，呈青黑色，像锡的颜色一样。这些人架着赵泰从城门里进城。经过两道门后，赵泰便看见了几千间瓦屋和几千名男女老幼，这些人都排成队站立着。

小官吏穿着黑色衣服，共有五六个，分头登记队伍里人们的姓名，说是要把名单上报府君。赵泰列在第三十名。没过多久，小官吏带领赵泰和其他几千人一同走进府君的衙门。府君脸朝西坐着，查看完名册以后，又叫赵泰到南面黑门里去。

黑门里有一个人穿暗红色衣服，坐在屋底下，正在按次序点名，调查大家生前所做的事情，他对大伙说："犯过什么罪恶，做过什么好事，你们都要详细地如实地讲出来。我这里经常派六部使者到人间去，记载各人的善恶，大家的情况都报告上来了，你们可不要撒谎。"

赵泰回答说："我的父亲和哥哥在做官，都享有俸禄两千石。我年纪轻，只是在家里读书，没有干什么事情，也没有犯什么罪过。"这人于是派赵泰担任水官监作使，率领两千多人，搬运沙石修补堤岸，日日夜夜干个不停。后来又调赵泰作水官都督，掌管各监狱的事务。发给赵泰坐骑和士兵，叫他巡察地狱。

赵泰到了各个地狱，见犯人所受的痛苦各不相同。有的被针刺穿舌头，鲜血流满全身。有的披头散发，裸身赤脚，被人用绳子捆住拉着走，身后还有人拿大棒驱赶。铁床铜柱，烧得通红，行刑的逼着赤身人去抱铜柱、睡铁床，赤身人一挨近便皮肉焦烂，过不了一会儿又重新苏醒过来。有的地方烧旺了炉火架起大锅，把罪人丢进锅里熬煮，罪人的头和四肢被煮得脱了节，碎片在滚水里翻腾。小鬼手拿铁叉，斜靠在炉旁。有三四百个人，站在小鬼对面，他们将要依次被丢进汤锅里去，吓得相互抱着痛哭。还有一棵非常高大的剑树，无法测量它的长度和宽度，它的根茎枝叶，全由剑锋做成。众人都畏缩后退，争吵着要别人向前，但每个人得自己向上攀登，攀登时，若稍不注意，就会身首分离，骨肉寸断。赵泰看见自己过世的祖父祖母和两个弟弟都在这座地狱中，相见之后彼此痛哭流涕。

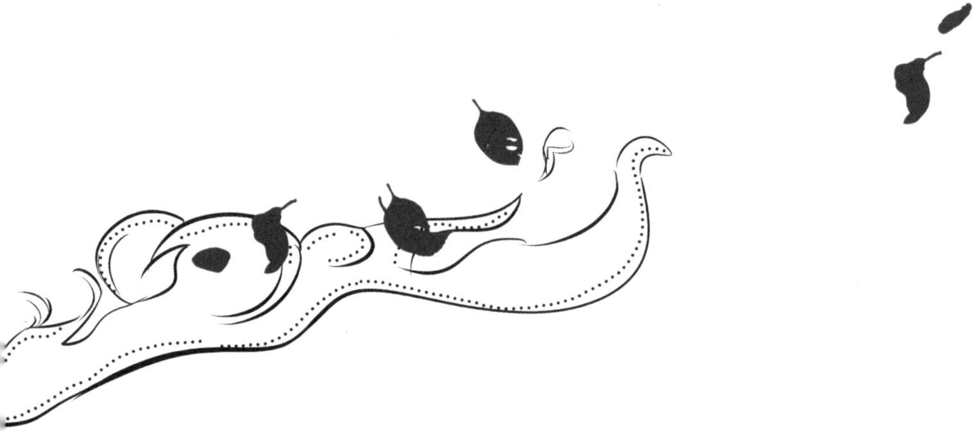

赵泰走出地狱门，看见两个人带着公文到来，他俩告诉看管地狱的官员说，有三个人，他们家里人在佛塔和寺庙中挂经幡烧香，解除了他们的罪过，可以让他们离开这里到福舍去。不久就有三人从地狱里出来，衣裤已经整整齐齐地穿在身上了。这三人向南走到一幢房屋的门前，这屋名叫“开光大舍”，共有三重门，门上的朱红油漆闪闪发光。

守门人见这三人到来，立即请进屋里，赵泰也跟了进去。里面另有一座大殿，大殿四周装饰着奇珍异宝，光彩照人。大殿中的坐榻，也是金镶玉嵌的。有一位神人，姿态雄伟，容貌英俊，远非常人可比，坐在金玉镶嵌的床榻上。两边有很多和尚站立侍候。看到府君在神人面前也恭恭敬敬地施礼，赵泰便问：“这是个什么人？连府君也向他敬礼。”小吏说：“他的名号叫‘世尊’，是超度众人的祖师。他希望让作恶的人都来听他讲经。现在据说有一百万零九千人，全从地狱出来，到百里城听讲。来到这里的，全是些信佛守法的人。有些人生前为人行事虽有所亏欠，但还可以被超度，所以佛爷要讲经度人。七天之内，佛爷要按这些人原来作恶的多少，分别轻重予以免除罪过。”在赵泰还没走出门的短时间里，就已经看见十个人升空而去。

赵泰走出这座房屋以后，又看到了一座城池，这城四周各长两百余里，名叫“受变形城”。在地狱里受完审讯的人，都应该集中到这座城里，再接受变化和报应。赵泰进入这城后，见满城的土瓦屋被划分成几千个区域，各区域都修建起街道里弄。城中央有一幢高大的瓦屋，栏杆、窗户都用油彩装饰。屋里有几百名衙门小吏，正在校对公文案卷。他们说，残害动物生命的人应该变成蜉蝣，早晨出生，晚上就要死掉；抢劫偷盗的人应该变成猪、羊，受人宰割；淫荡放纵的人变成鹤、野鸭、獐子、麋鹿；爱挑拨离间的人变成猫头鹰；赖债的人变成驴、骡、牛、马。

赵泰巡查完毕，回到了水官府。长官对他说：“你是有德之人的儿子，是因为什么罪过到这里来的？”赵泰回答说：“我的祖父、父亲以及我的兄弟，都担任享有两千石俸禄的官职。我被举荐当孝廉，受到公府的征召而没有去就职，从小立大志存善心，并没有沾染任何恶习。”长官说：“你没有罪过，所以让你当水官都督，若不是这样，你就会同地狱中的人一样去受罪。”赵泰问长官：“人活着应该做些什么，死后才能得到善报？”长官告诉他：“信奉佛法的佛教徒，多做好事，严守戒律，就可以得到善报，而不会遭受贬谪和惩罚。”赵泰又问：“人们未信奉佛法前犯的罪过，在奉法之后是否可以免除？”长官回答说：“全都可以免除。”说完，长官打开装生死簿的箱子，查看赵泰应活的岁数，见他还剩三十年阳寿，就让他回到了人间。

临别的时候，长官对赵泰说：“你已经看到了阴间的地狱和罪恶报应是什么样子，应该告诉阳世的人，让他们都去做好事。人行善有善报，作恶有恶报，就像影子跟随形体，回响伴着声音一样，能不小心谨慎吗？”

赵泰还阳时，身边围着前来守候、探望的家属和亲属五六十人，他们全都听到了赵泰的叙说。赵泰还把这些情况写了出来，给当时的人们观看。这事发生在晋泰始五年七月十三日。赵泰于是为祖父祖母和两位弟弟请来僧徒，举办了规模盛大的超度亡灵的法事。并且规定子孙后代全都改信佛教，督促他们守戒向善。当时的人们听说赵泰死而复生，又在阴间看到过许多奖善惩恶的事情，便纷纷前来询问。

武城的太中大夫孙丰、常山的关内侯郝伯平等十人，聚集在赵泰家里，详详细细地打听事情的原委，听完之后全都吓得毛发直竖，便马上信奉起佛法来。

想住哪一层？可以参考以下入住条件。

死后的世界——佛教里的十八层地狱

第一层：拔舌地狱。凡在世之人，挑拨离间、诽谤害人、油嘴滑舌、巧言相辩、说谎骗人，死后就会被打入拔舌地狱。

第二层：剪刀地狱。在阳间，若唆使守寡的妇人再嫁，或是为她牵线搭桥，那么死后就会被打入剪刀地狱。

第三层：铁树地狱。凡在世时离间骨肉，挑起父子、兄弟、姐妹或夫妻不和之人，死后便会入铁树地狱。

第四层：孽镜地狱。如果在阳间犯了罪，不吐实情，或是走通门路、上下打点、瞒天过海，就算其逃过了惩罚，死后也会被打入孽镜地狱，照镜而显现罪状，然后分别入不同的地狱受罪。

第五层：蒸笼地狱。以讹传讹、陷害他人、诽谤无辜，死后会被打入蒸笼地狱。

第六层：铜柱地狱。恶意纵火或为毁灭罪证而放火害命者，死后入铜柱地狱。

第七层：刀山地狱。亵渎神灵者、杀生者，死后会被打入刀山地狱。

第八层：冰山地狱。谋害亲夫、与人通奸、恶意堕胎的恶妇，或赌博成性、不孝敬父母、不仁不义之人，死后都会被打入冰山地狱。

第九层：油锅地狱。卖淫嫖娼、盗窃抢劫、欺善凌弱、拐骗妇女儿童、谋占他人财产之人，死后入油锅地狱。

第十层：牛坑地狱。若在世之人随意虐杀牲畜，死后便被打入牛坑地狱。

第十一层：石压地狱。若在世之人产下婴儿，不论是因为婴儿天生呆傻、残疾，还是因为重男轻女或其他原因，只要将婴儿溺死或抛弃，死后就会被打入石压地狱。

第十二层：舂臼地狱。若在世之人浪费粮食、糟蹋五谷，比如吃剩的酒菜随意倒掉，或是不喜欢吃的东西吃两口就扔掉，死后将被打入舂臼地狱，放入臼内舂杀。

第十三层：血池地狱。凡不尊敬他人、不孝敬父母、专走歪门邪道之人，死后将被打入血池地狱。

第十四层：枉死地狱。生命不易，理应珍惜，若割脉死、服毒死、上吊死，激怒了阎罗王，死后就会被打入枉死地狱。

第十五层：磔刑地狱。挖坟掘墓之人，罪大恶极，死后将被打入磔刑地狱，处以千刀万剐之刑。

第十六层：火山地狱。损公肥私、行贿受贿、偷鸡摸狗、抢劫钱财之人，以及犯戒的和尚和道士，死后都会被打入火山地狱。

第十七层：石磨地狱。贼人小偷、贪官污吏、地痞恶霸，乃至糟蹋五谷之人，死后都会被打入石磨地狱。

第十八层：刀锯地狱。偷工减料、欺上瞒下、买卖不公之人，死后都将被打入刀锯地狱。

前身

南朝宋颍川郡人陈秀远，曾经担任过湘州西曹的职务，寄居在临湘县城。他年轻时就敬奉佛教，年过六十仍然坚信不移。元徽二年七月，他躺在床上，想到万物生死轮回，变幻莫测，即使是自己，也不知道是由什么变化来的。

当时天色昏暗，房内也没点灯照明，他专心祈祷冥想，希望能从梦中了解这一切。过了一会儿，他看见枕头旁边有像萤火虫一样的东西闪闪发光，接着就腾空飞走了，接下来不仅满室通明，连屋外的天空也像早晨一样霞光四射。陈秀远立刻起身，双手合掌虔诚地祷告。

过没多久，他发现大门内四五丈高的空中有一座桥梁，桥两边的栏杆上涂着红色油彩。陈秀远不知不觉凌空升起，一下子就坐到了桥的侧面。他看见桥上的男男女女，来来往往挤满了桥上，他们的服装和打扮和阳世的人并无二致。

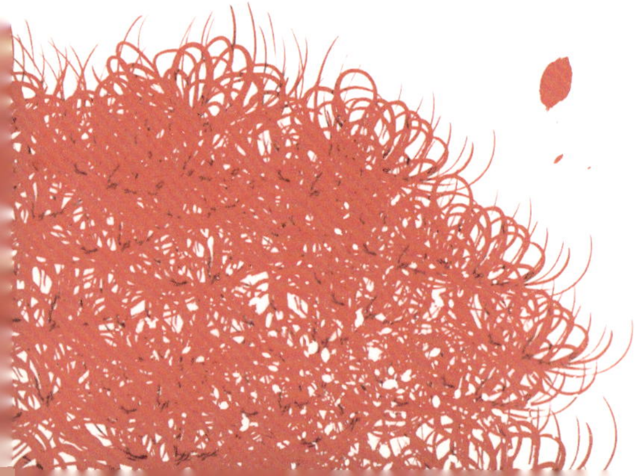

后来有一个女人，约有三十来岁，上穿青色袄，下穿白布裙，走到陈秀远的左边停住了。过了一会儿，又有一个妇人，全身穿着白布衣裳，头上绾着圆髻，手里捧着花和香。白衣妇女站在陈秀远的面前，对他说："你想看到你的前身，你的前身就是我。因为我一直用花供佛，所以能够投胎变成你。"又指着青衣女人说："这又是我的前身。"说完就离开了。这两人走后，桥也慢慢消失了。

在陈秀远感觉到身体突然落回地面时，亮光也随即熄灭。

无关乎轮回，其实现在的自己，便能看出前辈和后世的模样，也能看见十年前和十年后的生活。一切，都衍生在当下的一个念想。

图书在版编目（CIP）数据

六朝志怪 / 许汝纮编著；Amo绘. -- 长沙：湖南文艺出版社, 2019.6
（幻想家）
ISBN 978-7-5404-8952-6

Ⅰ. ①六… Ⅱ. ①许… ②A… Ⅲ. ①志怪小说－小说集－中国－六朝时代 Ⅳ. ①I242.1

中国版本图书馆CIP数据核字(2019)第004660号

著作权合同图字：18-2018-328

项目合作：锐拓传媒 copyright@rightol.com

幻想家

六朝志怪

LIUCHAO ZHIGUAI

编 著 者：许汝纮
绘　　者：Amo
出 版 人：曾赛丰
责任编辑：吴　健
装帧设计：韩　捷
内文排版：钟灿霞
出版发行：湖南文艺出版社（长沙市雨花区东二环一段508号 邮编：410014）
印　　刷：长沙超峰印刷有限公司
开　　本：710mm×1000mm 1/16
印　　张：17
字　　数：100千字
版　　次：2019年6月第1版
印　　次：2019年6月第1次印刷
书　　号：ISBN 978-7-5404-8952-6
定　　价：98.00
（如有印装质量问题，请直接与本社出版科联系调换）